COLLECTION
FOLIO ACTUEL

Bernard Poulet

La fin des journaux

et l'avenir de l'information

ÉDITION REVUE ET AUGMENTÉE

Gallimard

© *Éditions Gallimard, 2009, 2011 pour la présente édition.*

Bernard Poulet est rédacteur en chef à *L'Expansion*, en charge de la rubrique « Idées fortes ».

Introduction

Si, aux États-Unis, le thème de la « fin des journaux » et les interrogations sur la survie du journalisme d'information font partie du débat public depuis plusieurs années, en France, on préfère toujours parler de « réforme », de « phase de transition » ou d'« adaptation ». L'hypothèse d'une disparition de l'essentiel des journaux papier et du bouleversement de la production de l'information n'est pas discutée. À preuve, le sort qui a été réservé au rapport sur l'avenir de la presse écrite, que le sociologue Jean-Marie Charon et un groupe de travail avaient rédigé à la demande de l'Observatoire des métiers de la presse (Mediafor[1]). À peine achevé, en juin 2008, ce rapport a été aussitôt mis sous le boisseau à la demande d'une partie des commanditaires, une de ses deux hypothèses ayant été jugée trop alarmiste. En poussant un peu le trait, on pourrait

1. Mediafor, 19-21, rue Poissonnière, 75002 Paris.

dire que la question de la disparition de la presse écrite d'information est un nouveau « débat interdit [1] » en France. Le déni est d'autant plus fort qu'il s'agit non seulement de la remise en question d'un rite social, d'une pratique séculaire, mais aussi d'une conception de la civilisation.

Bien sûr, tout le monde reconnaît que la presse est « en crise ». Le président de la République Nicolas Sarkozy l'a souligné en ouvrant ses « états généraux de la presse écrite », à l'automne de 2008. Mais, finalement, comme pour les marchés financiers, il ne s'agirait que de réformer la régulation. Améliorons la distribution, diminuons les coûts d'impression, recapitalisons les groupes de presse, développons les sites Internet, réorganisons les aides, et les Français se précipiteront à nouveau dans les kiosques pour acheter leurs journaux, puisque le chef de l'État « croit en l'avenir de la presse payante [2] ».

Il ne faut pas dire que l'information est en danger de mort puisque le président de la République ne pense pas « qu'il arrivera un jour où plus personne ne sera prêt à payer pour de l'analyse et de l'investigation [3] ». Il ne faut pas affirmer que plusieurs grands journaux pourraient bientôt

---

1. L'économiste Jean-Paul Fitoussi avait ainsi intitulé, en 1995, un livre consacré au refus des élites françaises de débattre de la politique de désinflation compétitive.
2. Discours prononcé à l'ouverture des états généraux de la presse écrite, le 2 octobre 2008.
3. *Ibid.*

mourir, puisque l'Association mondiale des journaux (WAN [1]) nous assure que « le journal est une entreprise multimédia en pleine croissance [2] ». Et, puisque notre président croit « à l'avenir du papier [3] », il faut éviter de considérer que, la publicité désertant la presse imprimée sur papier et ne se bousculant pas sur les sites d'information des journaux sur Internet, le journalisme d'enquête est menacé de disparaître. Il serait moralement inacceptable de sonner l'alarme, parce que le bruit de ce tocsin risquerait de faire peur : beaucoup de responsables de presse peinent à concevoir de nouvelles stratégies, et la plupart des syndicats de journalistes redoutent le prix à payer pour les changements.

À force de dire qu'il ne faut pas jouer les Cassandre, on a fini par oublier que le problème n'était pas Cassandre, malheureuse condamnée à dire une vérité que son peuple ne voulait pas entendre, mais les Troyens, qui ne la croyaient pas quand elle leur annonçait la destruction de leur ville. Le déni de la réalité n'a pas empêché la mort de Troie, pas plus qu'il n'évitera la faillite des journaux.

Cette attitude de déni ne concerne pas la seule presse. On l'a constatée avec les économistes [4]

---

1. World Association of Newspapers.
2. WAN, congrès de Göteborg, juin 2008.
3. États généraux de la presse écrite, discours cité.
4. Jean-Luc Gréau, *La Trahison des économistes*, Gallimard, coll. « Le Débat », 2008.

et les responsables politiques face à la crise financière et économique. Eux aussi répétaient au fil des mois des formules apaisantes, du genre « la crise est derrière nous », « le danger systémique a été conjuré », et autres affirmations panglossiennes.

Derrière le bruit des déclarations volontaristes de notre président, les états généraux de la presse écrite relevaient du même aveuglement. S'il est vrai que les frais de fabrication et de distribution grèvent trop lourdement les budgets des journaux, l'octroi de quelques nouvelles aides n'arrangera rien. Celles-ci représentent déjà 10 % du chiffre d'affaires des quotidiens payants, lesquels sont quand même presque tous déficitaires.

La France manque, nous dit-on, de « grands groupes de communication ». Mais c'est justement parce qu'il y a de tels groupes, cotés en Bourse et condamnés à produire de la « valeur pour l'actionnaire », que la presse américaine meurt, soumise qu'elle est à une pression constante pour l'accroissement de sa rentabilité. En revanche, bien que rencontrant eux aussi de graves difficultés, les plus grands journaux du monde, le *New York Times*, le *Washington Post*, le *Guardian*, le *Corriere della Sera* ou la *Frankfurter Allgemeine Zeitung*, n'appartiennent pas à de « grands groupes de communication » multinationaux, ni, mis à part le *Corriere della Sera*, à des industriels vivant de contrats publics, comme c'est trop souvent le cas chez nous.

formation comme support privilégié pour la publicité, ce qui tarit sa principale source de revenus. C'est assez pour compromettre la survie des journaux, des quotidiens au premier chef, mais peut-être aussi de la plupart des médias d'information et de l'information de qualité. Il existe une masse critique — de lecteurs, de revenus, de diffusion — en deçà de laquelle tout peut s'écrouler.

Quand une révolution se produit, tout doit être repensé. Le système de fabrication et de diffusion de l'information tel que nous l'avons connu depuis près de deux siècles a atteint un point de basculement. Il ne sera bientôt plus ce qu'il a été. Il ne s'agit plus de réformer pour continuer comme avant, mais de réinventer. Et si les conditions d'organisation de la scène publique où se confrontent les opinions, à la lumière des faits énoncés le plus clairement possible, sont bouleversées, c'est la possibilité même de la démocratie qui devra être redéfinie.

*

Faire le diagnostic le plus détaillé possible de ces bouleversements et réfléchir aux réponses qui doivent être élaborées est l'ambition de ce livre. Nous ne disons pas que tous les journaux vont fermer boutique demain matin, mais que nous sommes entrés dans une période de « chaos[1] ».

1. Bob Garfield, « Chaos Scenario 2.0 », *Advertsing Age*, 26 mars 2007.

Le chaos est la période des expérimentations, pas celle des illusions. Même le rêve d'un transfert paisible du « *print* vers le Web », le passage du papier à l'Internet, doit être discuté quand « la rentabilité des sites d'infos sur le Net, comme l'écrit un excellent observateur, semble si introuvable qu'on en vient sérieusement à affirmer qu'elle ne sera probablement pas trouvée avant bien longtemps »[1].

Les transitions, même révolutionnaires, durent parfois longtemps. On sait qu'il est difficile d'admettre qu'un monde s'achève, de se résigner à voir disparaître ce que nous avons connu notre vie durant. Répéter qu'un monde sans journaux est inimaginable ne dispense pas de prendre la mesure du problème, sans se bercer d'illusions, pour pouvoir y faire face et trouver de nouvelles voies.

C'est le sens de notre démarche. Nous suivons en cela le philosophe Jean-Pierre Dupuy et sa théorie du « catastrophisme éclairé [2] » : « Même lorsque nous savons que la catastrophe est devant nous, nous ne croyons pas ce que nous savons. Ce n'est pas l'incertitude qui nous retient d'agir, c'est l'impossibilité de croire que le pire va arriver [3]. » Autrement dit, c'est seule-

---

1. Narvic sur son blog Novövision, le 30 septembre 2008.
2. Jean-Pierre Dupuy, *Pour un catastrophisme éclairé. Quand l'impossible est certain*, Éd. du Seuil, 2002; rééd. coll. « Points essais », 2004.
3. Jean-Pierre Dupuy, *L'Expansion*, juin 2007.

ment en considérant que la catastrophe est inévitable que l'on peut se donner sérieusement les moyens d'y faire face.

L'essentiel est d'ouvrir le débat sans faux-semblant, à l'image de celui qui a réuni deux acteurs majeurs du monde médiatique français, Maurice Lévy, le patron du groupe Publicis, et son fils Alain[1]. Quand le père affirme son espoir en l'avenir de la presse écrite parce qu'il « considère qu'elle joue un rôle essentiel comme ferment de nos démocraties », le fils, plus pessimiste, répond : « Au risque d'être politiquement incorrect, je crois que les carottes ne sont pas loin d'être cuites. » Les deux points de vue méritent d'être entendus.

---

1. *Le Monde*, 21 juin 2008. Alain Lévy ajoutait : « La mutation des médias classiques vers le numérique prendra du temps et, pour la recherche de l'information, Google est en train de rafler la mise. »

I

Peut-être est-il temps de paniquer

La presse au musée

La presse a son musée. Installé à Washington, dans un beau bâtiment, entre la Maison-Blanche et le Capitole, il a été inauguré le 11 avril 2008 et a coûté 435 millions de dollars. Le Newseum, c'est son nom, s'est fixé pour mission d'« aider le public à comprendre combien une presse libre est essentielle au bon fonctionnement de la démocratie[1] ». Louable intention.

Néanmoins, beaucoup y ont surtout vu une mauvaise coïncidence, un de ces ultimes hommages que l'on rend aux anciens combattants avant la disparition du dernier poilu. Le Newseum rappelle les exploits des reporters de guerre, les révélations des journalistes d'investi-

---

1. Déclaration de Paul Sparrow, vice-président du Newseum, cité par *American Journalism Review (AJR)*, avril-mai 2008.

gation, la personnalité des « grandes plumes », la saga des journaux. Il reconstitue l'histoire d'Ed Murrow, le journaliste mythique dont le combat contre le maccarthysme est raconté dans le film *Good Night and Good Luck* (2005). Il traite aussi des mystères du scandale du Watergate. L'inauguration de ce musée a eu lieu au moment même où, particulièrement aux États-Unis, les licenciements de journalistes se comptaient par centaines dans les plus grands journaux.

« Tous les *business* ne sont pas destinés à voir croître leurs profits. Quand les bases économiques d'un métier s'effondrent, des managers talentueux peuvent essayer d'en ralentir le déclin. Mais, au bout du compte, l'érosion des fondamentaux viendra à bout du talent de ces managers. Et les fondamentaux sont en train de s'éroder sans appel dans l'industrie des journaux. » C'est le « roi des investisseurs », Warren Buffett, l'homme le plus riche du monde, celui que l'on a surnommé « l'oracle d'Omaha », qui a établi ce constat[1], ajoutant : « Les journaux font face à la perspective de revenus en diminution continue. Il est difficile de gagner de l'argent dans un secteur en déclin permanent. Et ce déclin s'accélère. Les lecteurs de journaux prennent la direction des cimetières pendant que les non-lecteurs de journaux sortent des universités. »

---

1. En 2006, dans la lettre qu'il adresse chaque année aux actionnaires de son fonds de placement.

Steve Ballmer, l'exubérant P-DG de Microsoft, n'est guère plus nuancé : « Au cours des dix prochaines années, tout le monde des médias, de la communication et de la publicité sera mis sens dessus dessous. Et, d'ici dix ans, plus aucun média ne sera consommé autrement que sur Internet. Plus aucun journal, plus aucun magazine n'existera sur le papier. Tout sera distribué de manière électronique [1]. » Steve Jobs, le fondateur d'Apple, assure de son côté qu'il est inutile d'investir dans la fabrication des *e-books* et autres instruments de lecture électronique, puisque « bientôt plus personne ne lira [2] », de livres ni de journaux.

Marc Andreessen, l'inventeur du premier grand moteur de recherche, Netscape, porte pour sa part le diagnostic du *businessman* : « Si vous possédez un vieux média, vendez-le [3] ! » Cette légende de la Silicon Valley, aujourd'hui cofondateur du site social Ning, annonce sur son blog qu'il a inauguré, au début de 2008, une « veille mortuaire » pour le *New York Times*, rubrique nécrologique qu'il entend alimenter « jusqu'à ce que le dernier Sulzberger [la famille qui possède le journal] ait quitté l'immeuble » du plus prestigieux quotidien américain. Selon lui, il aurait fallu arrêter tout de suite l'édition papier

---

1. *The Washington Post*, juin 2008.
2. *The New York Times*, 15 janvier 2008.
3. *Silicon Alley Insider*, 9 juillet 2005 *(www.alleyinsider.com.)*

du *New York Times* et ne conserver que sa version en ligne : « Il est préférable de souffrir un bon coup maintenant pour éviter une longue et douloureuse maladie [1]. »

Comme en écho à Warren Buffett, Jeffrey Cole, directeur du Center for the Digital Future de l'Université de Californie du Sud, déclare, en avril 2008 : « Quand un lecteur de journal papier meurt, il n'est pas remplacé par un nouveau lecteur. Pour combien de temps en avons-nous encore ? Peut-être vingt ou vingt-cinq ans [2]. » Signe des temps, le nombre des analystes financiers spécialisés dans la presse et chargés d'étudier notamment les opportunités d'investissement a considérablement diminué dans les banques [3]. N'est-ce pas une claire indication que ce n'est plus un investissement conseillé ? « Ce qu'il peut arriver de mieux aujourd'hui à un journal, dit-on souvent dans les milieux de la presse américaine, c'est d'être racheté par Rupert Murdoch [4]. » Quand on se rappelle que l'arrivée de Murdoch en Angleterre avait jadis provoqué un torrent d'hostilités, on mesure le chemin parcouru.

Enfin, Vin Crosbie, l'un des meilleurs analystes des médias américains, affirmait à l'automne de

---

1. Cité par *Fortune*, 3 mars 2008.
2. *Advertising Age*, 28 mars 2008.
3. Reuters, 3 juillet 2008.
4. En 2007, le patron du groupe News Corp. a racheté le prestigieux *Wall Street Journal*.

2008 que « plus de la moitié des 1 439 quotidiens aux États-Unis n'existeront plus d'ici à la fin de la prochaine décennie, que ce soit sur le papier, sur le Web ou en *e-paper*[1] ». Crosbie accumule des chiffres accablants pour étayer ses affirmations : en 2008, la diffusion des journaux a atteint son niveau le plus bas depuis 1946, soit 53 millions d'acheteurs, contre 62 millions en 1970. Si l'on tient compte de l'accroissement de la population, cela représente une chute de 74 %. Ses sombres considérations sont commentées sur de nombreux forums d'Internet consacrés aux médias aux États-Unis, mais ses chiffres ne sont guère contestés. Selon Crosbie, qui connaît bien l'Europe, son diagnostic peut s'appliquer à tous les pays industrialisés développés. On comprend dès lors qu'un des articles publiés au même moment par *The American Journalism Review*, l'un des deux principaux magazines professionnels américains, ait été intitulé « Peut-être est-il temps de paniquer[2] ».

L'exception française

En France, certains tentent de se rassurer en s'écriant : « Tout ça, c'est aux États-Unis ! Ici

---

[1]. Sur son blog Digital Deliverance.
[2]. Carl Sessions Step, « May Be it is Time to Panic », *AJR*, avril-mai 2008.

c'est différent. » Ils ont tort : ici, c'est pis. Éric Fottorino, le directeur du *Monde*, l'a parfaitement mesuré : « Le modèle économique sur lequel nous avons construit notre essor depuis des décennies se désintègre sous nos yeux, écrit-il. Et ce constat est vrai pour l'immense majorité des quotidiens, aux États-Unis comme en Europe [1]. » Ces propos ont fait scandale dans les milieux de la presse française, où l'on a crié à « l'exagération », comme si le patron du *Monde* avait osé dire ce que personne ne voulait savoir : que le roi était nu, que la presse — en particulier quotidienne — ne serait plus jamais la même et qu'elle était menacée de disparition, au moins pour une bonne part de ses titres.

Éric Fottorino sait pourtant de quoi il parle. À la tête du plus prestigieux quotidien français, il n'a pas oublié qu'il a d'abord été un journaliste économique. Il sait lire les chiffres et analyser les tendances : « En 2001, les recettes publicitaires du quotidien [*Le Monde*] avaient atteint le niveau record de 100 millions d'euros. Nos équipes se battent aujourd'hui pour défendre un budget à peine supérieur à 50 millions d'euros. Jamais, depuis soixante ans, les sommes investies n'avaient été aussi faibles outre-Atlantique, enregistrant un décrochage de près de 10 %. La crise des *subprimes* et le fort ralentissement de la croissance ont propagé cette onde de

---

1. Éric Fottorino, « À nos lecteurs », *Le Monde*, 19 avril 2008.

choc chez nous. En ajoutant à cette baisse structurelle et conjoncturelle le déplacement des budgets publicitaires vers les sites Internet et les journaux gratuits, il est aisé de comprendre à quel point l'économie de nos journaux est attaquée [1]. »

Rappelant qu'après la Seconde Guerre mondiale la publicité représentait 40 % des recettes du *Monde*, puis 60 % dans les années 1970, il ajoute : « Elle est retombée à quelque 20 % aujourd'hui tandis que la diffusion réamorce sa lente mais sûre érosion. »

S'il existe ici une « exception française », c'est, ici comme sur beaucoup d'autres sujets, le refus de regarder l'aveuglante réalité. Pourtant, affirmer que la presse, telle que nous l'avons connue depuis plus d'un siècle, est condamnée n'est pas sacrifier au rite d'un nouveau « finisme » grognon, faisant suite à la fin des nations, la fin de l'histoire et autres fins de la culture. Les faits sont là, lourds et têtus. La baisse de la diffusion payée (3,8 millions de quotidiens vendus par jour en 1974, 1,9 million en 2007), l'écroulement du chiffre d'affaires publicitaire (pour la presse quotidienne nationale, il est passé au-dessous de son niveau de 1990 en euros constants, et le nombre de pages de publicité des quotidiens a diminué de 32,5 % en moins de dix ans [2]), l'effondrement du marché des petites

---

1. *Ibid.*
2. *Stratégies*, 24 avril 2008.

annonces, la concurrence des gratuits (le chiffre d'affaires publicitaire des journaux gratuits a augmenté de 30 % depuis 2002, et, avec 2 617 000 lecteurs [1], *20 minutes* est devenu le premier quotidien national en 2007), l'augmentation des coûts de fabrication, du prix du papier, des matières premières et des frais de distribution, le faible nombre des points de vente (29 000 en France contre 105 000 en Allemagne) et le désintérêt croissant des jeunes lecteurs et des moins jeunes pour la chose imprimée (59 % des Français de plus de quinze ans lisaient un quotidien en 1967, alors qu'en 2005 il n'y en avait plus que 34 %, et près de 43 % des lecteurs de la presse quotidienne nationale ont plus de cinquante ans) : tout s'additionne pour démontrer que le modèle économique de la plupart des journaux est brisé. L'écologie elle-même est venue planter un clou sur le cercueil : l'industrie des « arbres morts et des camions » est non seulement trop onéreuse, elle est désormais considérée nuisible à l'environnement. Est-il utile d'ajouter que la récession économique n'arrange rien ?

Grand corps malade

S'il existe une différence importante entre la situation française et celle des États-Unis, elle

1. ÉPIQ, étude d'audience, septembre 2008.

n'a rien pour rassurer : la presse française, en particulier la presse quotidienne nationale, a abordé la crise en position beaucoup plus affaiblie que son homologue américaine. Outre-Atlantique, les analystes de la presse se lamentent parce que la rentabilité des journaux a chuté de 30 % à 15 %. La tendance à la baisse, continue et en accélération, est évidemment alarmante, surtout pour des groupes cotés en Bourse. Mais en France, les « grands » quotidiens partent de beaucoup plus bas. Ils sont entrés dans cette crise déjà très malades, généralement en perdant de l'argent, sans fonds propres et en ayant plutôt accumulé de lourdes dettes.

À l'arrivée, en 2005, du financier Édouard de Rothschild dans le capital de *Libération*, le quotidien avait une dette approchant 15 millions d'euros. En 2007, il enregistrait une chute de 20 % de ses recettes publicitaires, qui entraîna le départ de soixante-dix collaborateurs. *Le Monde*, dont la politique de diversification et d'acquisitions, conduite depuis la fin des années 1990, s'est révélée catastrophique, était lesté, à la fin de 2007, d'une dette dépassant largement 100 millions d'euros. La même année, *Le Figaro* enregistrait plus de 10 millions d'euros de pertes, malgré soixante et onze départs volontaires. Francis Morel, directeur général du groupe, prévenait que le quotidien continuerait à perdre de l'argent jusqu'en 2009 : « On ne peut pas dire aujourd'hui que Serge Dassault a fait une bonne affaire en rachetant le groupe *Le Figaro* », avait-il glissé devant l'Association des journalistes médias [1].

La situation française a d'autres spécificités. Les coûts de fabrication et de distribution de la presse quotidienne nationale y demeurent élevés et représentent près de 75 % du prix de vente d'un journal. En contrepartie, les aides à la presse quotidienne d'information sont nombreuses et importantes : tarifs postaux et SNCF, taux de TVA à 2,1 %, aides au portage, à la modernisation de la distribution et de la diffusion, à la décentralisation de l'impression, etc. Leur montant total est supérieur à 10 % du chiffre d'affaires du secteur et correspond à près du tiers des revenus générés par la vente [2]. Il semble difficile de faire significativement plus, et ce n'est donc pas du côté des subsides versés par les pouvoirs publics qu'il faut attendre un miraculeux redressement.

La rigueur de gestion, une relative nouveauté dans la presse française, n'y suffira pas non plus. Depuis quelques années, les mesures d'économies et les plans de rigueur se sont succédé. Les plans de départ ont touché plusieurs centaines de salariés, et même le plus grand quotidien français, *Ouest-France*, a dû se résoudre à suppri-

---

1. *Stratégies*, 7 février 2008.
2. Institut Montaigne, « Comment sauver la presse quotidienne d'information », août 2006.

mer cent vingt-cinq postes en septembre 2008. La réduction draconienne des frais de fonctionnement des journaux, la diminution de la pagination et du format pour économiser un papier devenu hors de prix et, dans le même temps, l'augmentation du prix de vente, la fermeture de bureaux de correspondants à l'étranger, la diminution du temps d'enquête, etc., réduisent certes les coûts, mais sans pour autant rétablir des équilibres stables. La multiplication de suppléments (mode, voitures, montres…) pour appâter les publicitaires, l'inflation des « plus-produits » (livres, CD, DVD, stylos, machines électroniques, cafetières, etc.), qui transforment le journal en supplément gratuit d'une offre commerciale, ne sont manifestement que des pis-aller.

Tous ces remèdes sont parfois pires que le mal. Dans leur course frénétique à l'équilibre des comptes, les journaux écornent leur image et appauvrissent leur contenu, décourageant toujours plus de lecteurs. C'est entrer dans une spirale infernale que d'appauvrir l'offre pour boucher les trous financiers. Au final, on y perd des lecteurs, creusant ainsi de nouveaux déficits.

Mauvaise presse

Pour ne rien arranger, les journaux ont mauvaise presse, particulièrement en France. Depuis une vingtaine d'années, ils ont connu une baisse spectaculaire de leur crédibilité. Bien sûr, il a toujours été de bon ton de taper sur les journalistes. Balzac, déjà, dépeignait cruellement la corporation dans *Les Illusions perdues*. Les excès de l'entre-deux-guerres comme l'engagement partisan des journalistes après 1945 ont alimenté naturellement la critique. Mais c'est surtout à partir des années 1980 que l'on a enregistré une montée spectaculaire de la défiance du public à l'égard des journalistes. Cette perte de confiance peut paraître paradoxale puisqu'elle s'est aggravée au moment où la presse française abandonnait ses engagements militants pour revendiquer une objectivité et une indépendance calquées sur les grands quotidiens américains. Le *Washington Post*, auréolé de ses révélations dans l'affaire du Watergate, devenait un modèle dans les écoles de journalisme, et le « journalisme d'investigation » un idéal professionnel. Or c'est précisément cette évolution du journalisme qui est à la source de la perte de confiance dans la presse.

Celle-ci prétend ne plus être l'expression d'une opinion partisane, mais, à l'époque de la presse de parti, ses lecteurs croyaient en leur journal puisqu'ils en partageaient les idées. Le journalisme « objectif » s'est peu à peu mis à distance de ses lecteurs. Désormais, ayant conquis son « indépendance », le journaliste, non content de relater les faits objectivement, aspire à dire « sa » propre opinion. Cette ambition d'exercer un magistère moral, parfois de jouer un rôle politique autonome, est mal acceptée par les lecteurs, qui s'agacent de la prétention des journalistes à détenir la vérité et à leur faire la leçon. C'est le fameux « cercle de la raison » d'Alain Minc, hors duquel il n'était que fariboles.

L'attitude de surplomb, de donneur de leçons, de ce journalisme-là a fini par apparaître comme une collusion de la presse avec les « élites dirigeantes » ; ce fut le cas lors du référendum sur le projet de Constitution européenne, où le suffrage vint démentir le discours des éditorialistes et des politiques mêlés. Le rôle joué par *Le Monde* à cette époque, en raison de la volonté de ses dirigeants de s'instaurer en véritable pouvoir, est devenu le paradigme de cette évolution, de cette ambition démesurée de fixer les valeurs de la société, non plus au nom d'un engagement, mais sous le masque de l'objectivité. En prétendant se hisser au-dessus de tous les autres pouvoirs, le journalisme a été l'une des principales victimes de la perte de confiance des citoyens à l'égard de l'ensemble des pouvoirs. La presse écrite étant celle où les journalistes ont poussé le plus loin cette ambition, c'est elle qui a été la plus atteinte par le mouvement généralisé de défiance de ces dernières années.

Cette crise morale est survenue alors que la concurrence des autres médias, et d'abord celle de la télévision, érodait depuis longtemps le lectorat des quotidiens. L'épuisement de la presse militante (*Le Populaire*, *Combat*, *L'Humanité*, le premier *Libération*) et, parallèlement, celui de la grande presse populaire (*Paris Jour*, *L'Aurore* ou *France-Soir*) avaient réduit le paysage de la presse quotidienne nationale à quelques titres, dont aucun n'atteint plus aujourd'hui les 400 000 exemplaires payés (*Le Monde*, 339 991 ; *Le Figaro*, 332 580 ; *Le Parisien*, 330 306 ; *Aujourd'hui en France*, 192 776 ; *Libération*, 131 437 ; *Les Échos*, 122 185 ; *La Croix*, 95 991 ; *La Tribune*, 77 587 ; *L'Humanité*, 49 495 [1]). Dans les années 1960, *France-Soir*, à lui seul, vendait plus d'un million d'exemplaires ; en 2008, il n'en finit pas d'agoniser, avec 23 000 exemplaires.

Ces chiffres ne sont pas glorieux, mais ils sont encore au-dessus de la réalité puisqu'ils intègrent les exemplaires offerts à leurs clients par les compagnies aériennes, les hôtels ou les loueurs de voitures. Ceux-ci, facturés au prix de leur distribution, ne rapportent pas d'argent, seulement de l'audience. Ils représentent pourtant 25 % des ventes du *Figaro*, 22 % de celles de *Libération* et 16 % de celles du *Monde*. Le plus grave est surtout que, comme aux États-Unis, la tendance à la perte des lecteurs ne cesse de s'accentuer.

---

1. Source OJD, association pour le contrôle de la diffusion des médias, 22 septembre 2008.

Les autres Européens aussi

On entend souvent dire que la situation de la France serait différente de celle de ses voisins européens, plus performants. Comme pour beaucoup d'autres *benchmarkings*, ces comparaisons qu'affectionnent les économistes, l'affirmation est pour le moins exagérée. L'Allemagne, qui compte quelques-uns des plus puissants groupes de presse au monde — Bertelsmann est le premier en Europe —, groupes qui se sont employés à bloquer l'arrivée des gratuits, a quand même vu la diffusion payée de ses journaux passer de 31,4 millions d'exemplaires en 1997 à 26 millions en 2007. Une baisse de 17 %, pour un lectorat qui vieillit encore plus vite qu'ailleurs.

Plus d'un commentateur superficiel se plaît à vanter la « bonne santé » de la presse italienne, quand certains n'hésitent pas à célébrer son professionnalisme. En réalité, la presse italienne reste très partisane, médiocrement fiable et souvent franchement militante. La diffusion totale des quotidiens nationaux, en dépit d'une vitalité certaine de l'offre, y est légèrement inférieure à celle de la France. Cela fait de nombreuses années que, bien avant la France, les kiosques des marchands de journaux y sont submergés par les « plus-produits », alors que l'audiovisuel draine à lui seul plus de 60 % du chiffre d'affaires publicitaire et que les journaux gratuits sont en forte progression.

La presse italienne est probablement aussi l'une des plus subventionnées au monde. Si l'on en croit une enquête parue en 2007, l'ensemble des aides directes qu'elle reçoit dépasserait 700 millions d'euros[1]. Le grand quotidien de centre droit *Corriere della Sera* a reçu 23 millions d'euros d'aides en 2006, *Il Sole 24 Ore*, journal de la Cofindustria (le Medef italien) et avocat de la diminution du rôle de l'État, plus de 19 millions, *La Repubblica*, le grand quotidien de centre gauche, 16 millions d'euros, *La Stampa*, journal appartenant à la Fiat, quelque 7 millions d'euros. *L'Avvenire*, propriété de la Conférence des évêques italiens, s'est contenté d'un peu plus de 10 millions d'euros. La liste des autres aides — notamment aux journaux dits « de parti[2] » — est longue en Italie, mais n'empêche aucunement l'inexorable déclin de la presse écrite.

Le Royaume-Uni dispose sûrement de la presse quotidienne la plus intéressante et la plus dynamique en Europe, tant par ses journaux

---

1. Beppe Lopez, *La Casta dei giornali*, Rome, Stampa Alternativa, 2007.
2. Longtemps, il a suffi que deux parlementaires apportent leur caution pour qu'un journal reçoive d'importants subsides publics. Aménagée en 2001, la mesure n'a pas été profondément modifiée. Entre ses deux chambres, l'Italie compte près d'un millier de parlementaires, auxquels il faut ajouter soixante-treize députés européens.

Devant la montée des périls, les journaux britanniques ont toutefois réagi plus vite et plus vigoureusement que leurs homologues français. Le *Daily Telegraph*, vénérable institution de l'Angleterre victorienne, dont le lectorat avait la réputation d'être nostalgique de l'armée des Indes, a totalement bouleversé son organisation et repensé ses contenus (papier, Internet, audiovisuel). Les rédactions ont fusionné autour des nouvelles technologies, la plupart des journalistes devenant totalement multi*médias*. Le quotidien a réussi à enrayer le recul de ses ventes légèrement mieux que ses concurrents, n'hésitant pas à réduire ses coûts. Il vient ainsi de fermer son bureau de Berlin et ne conserve plus qu'un seul correspondant permanent en Europe continentale. Mais si l'on en croit l'un de ses concurrents, l'ambiance qui règne parmi les journalistes fait de ce journal « la salle de rédaction la plus malheureuse de Fleet Street [1] ».

Seuls les sites Internet de quelques journaux semblent en mesure de fournir des raisons de ne pas désespérer. Ceux du *Daily Telegraph* et du *Guardian*, avec plus de 18 millions de visiteurs uniques par mois (*Le Monde*, en tête des sites de presse en France, n'en compte qu'un peu plus de 3 500 000), sont désormais rentables. Il faut cependant tempérer ces beaux résultats par un paramètre inexistant sur le Continent : ces sites

---

1. *The Independent*, 8 septembre 2008.

sont en anglais, et plus de la moitié de leurs visiteurs n'habitent pas en Grande-Bretagne, la plupart d'entre eux vivant aux États-Unis.

Au final, la presse britannique n'a pas encore trouvé non plus, en dépit d'une combativité bien supérieure à celle des autres pays européens, la martingale qui lui permettrait d'assurer sa survie.

II

Publicité : les journaux asphyxiés

Les annonceurs ne financent plus l'information

La publicité, cette réclame qu'il a toujours été de bon ton de mépriser dans les journaux, déserte les « vieux » médias. Pour la première fois depuis l'apparition de la presse de masse, au milieu du XIXe siècle, les annonceurs peuvent se passer des médias d'information pour faire connaître leurs produits aux consommateurs. Non pas qu'ils aient brusquement cessé d'y placer leurs annonces, mais les *news*, les « nouvelles », ne sont plus qu'un support parmi d'autres — et pas toujours le meilleur —, dans un univers où le numérique et Internet ont démultiplié les moyens d'accéder au public.

Bien sûr, il y a longtemps que la publicité emprunte d'autres canaux que les journaux et les moyens d'information. En France, où le phénomène est particulièrement marqué, le hors-média — l'affichage, les « pubs » qui envahissent nos boîtes aux lettres, le sponsoring ou la réclame au cinéma — représente les deux tiers des budgets publicitaires. C'est d'ailleurs une des raisons de la fragilité et du manque de capitaux propres de la presse française, comparée à celle des États-Unis ou du Royaume-Uni.

Depuis longtemps, à la radio et à la télévision, les « nouvelles » ne constituaient qu'une part décroissante de la programmation. Mais l'illusion demeurait : la case « info » continuait de fournir l'identité de la station ou de la chaîne, même si l'essentiel des programmes était fait de divertissements. Avec la plupart des nouveaux véhicules qui s'offrent sur Internet, l'information n'est plus nécessaire.

« La crise du journalisme, souligne une étude américaine, a moins à voir avec l'endroit où les gens vont chercher leurs informations qu'avec la manière dont ils les paient [...]. La crise ne tient pas seulement à la perte d'audience. Elle résulte du découplage entre les nouvelles et la publicité[1]. » Ce constat fait clairement apparaître que les responsables des médias d'information sont confrontés au défi de se réinventer et de trouver un nouveau *business model* tout en réduisant leurs coûts de production de l'information. « C'est comme si l'on devait changer

---

1. « The State of News Media 2008 », de l'institut Project for Excellence in Journalism, Washington *(www.stateofthenewsmedia.org)*.

l'huile de son moteur sans cesser de rouler sur l'autoroute », dit Howard Weaver, vice-président de McClatchy Company, troisième groupe de presse américain.

Cette déstabilisation radicale est à l'œuvre depuis le tournant des années 2000. L'information se réduit chaque jour davantage à un produit d'appel, une tête de gondole sur le Net, à la télévision et à la radio. Et parce que les journaux quotidiens sont chers à fabriquer et qu'ils emploient plus de journalistes que les autres médias, ils sont devenus les plus vulnérables. C'est pourtant l'importance de leurs équipes rédactionnelles et leur compétence qui constituent leur principal avantage comparatif. Pis, si l'on en croit Jean-Clément Texier, banquier d'affaires spécialisé dans la presse, « les quotidiens nationaux ne sont plus à la mode, ils ne sont plus un passage obligé ».

C'est la clé : les médias traditionnels d'information sont mis en danger de mort par la multiplication de nouveaux « supports » qui ne sont pas des moyens d'information. La plupart d'entre eux sont des producteurs et des diffuseurs de divertissements et de services, des moteurs de recherche, comme Google, et des réseaux de rencontres, comme Facebook ou MySpace. « La multiplication des supports a rendu de plus en plus complexe la stratégie des annonceurs, écrit Pascal Josèphe, consultant pour les grands médias, et même si les médias *leaders* peuvent encore faire valoir leur puissance, les investissements publicitaires sont morcelés. Un commencement de doute sur l'efficacité publicitaire a conduit les annonceurs à développer massivement des opérations dites "hors médias", sur les lieux de vente, à travers des opérations promotionnelles de toutes natures, en sponsorisant des événements populaires, parfois au détriment de leurs investissements dans les médias eux-mêmes [1]. »

Pascal Josèphe touche là un autre point crucial : les annonceurs doutent de l'efficacité de la publicité dans les grands médias (journaux, radios et télévisions généralistes), car, en dépit d'études documentées par des organismes spécialisés, ils ne savent plus trop par qui leurs publicités sont reçues (ménagères de moins de cinquante ans, CSP +, etc.). La vieille blague qui court dans les milieux publicitaires suivant laquelle les annonceurs sont fatigués de savoir que la moitié de leurs budgets est dépensée pour rien, tout en ignorant de laquelle il s'agit, ne fait plus rire. Les annonceurs veulent pouvoir beaucoup mieux identifier leurs « cibles », ce que leur promet le numérique, et ils souhaitent même connaître précisément qui a vu et qui veut/va acheter leur produit. Sinon, ils craignent de jeter leur argent par les fenêtres. Bien sûr, ce

---

[1]. Pascal Josèphe, *La Société immédiate*, Calmann-Lévy, 2008, p. 85.

genre de frilosité devient une véritable obsession dans les périodes de difficultés économiques.

Les publicitaires n'ont pas vocation à financer la presse et l'information. Ce n'est pas leur métier, et les journaux, les radios ou les télévisions ne sont pour eux que des « supports », dont les « contenus » ne sont pas nécessairement des *news*. La migration des budgets publicitaires semble irrépressible. Un seul exemple, celui du *Figaro* : entre 2003 et 2007, son chiffre d'affaires publicitaire est tombé de 120 millions d'euros à 80 millions, et les revenus engendrés par les petites annonces sont passés de 97 millions d'euros à 25 millions. C'est tout le modèle économique des médias d'information qui est déstabilisé. Les journaux ont été les premiers touchés, mais désormais toute la chaîne de l'information est menacée.

Une formidable accélération

En 1995, on ne comptait que 23 500 sites Internet; en juillet 2007, la société anglaise Netcraft en a recensé plus de 125 millions. Jamais encore une technologie ne s'était diffusée si rapidement et n'avait aussi brusquement confisqué une partie des budgets publicitaires. Et ce n'est pas fini. L'année 2008 a été marquée par l'irruption d'un nouveau marché publicitaire appelé à une rapide expansion : celui de la téléphonie mobile. Déjà estimé entre 300 et 400 millions de dollars en 2007, il pourrait dépasser 14 milliards dans le monde en 2011. Le téléphone 3G (troisième génération), dont l'iPhone a été la manifestation la plus spectaculaire, deviendra dans les prochaines années le terminal mobile le plus répandu.

Les nouveaux sites apparus sur Internet — Google, Yahoo!, YouTube, etc. — ne sont pas encore tous viables, et certains ne le seront jamais, mais il a suffi qu'ils détournent 10 à 15 % des budgets publicitaires de la presse traditionnelle pour plonger cette dernière dans une crise sans précédent. L'explosion des jeux vidéo et celle des sites « sociaux » risquent d'engloutir de nouveaux gros morceaux du gâteau publicitaire. Le secteur des jeux vidéo apparaît particulièrement prometteur pour la publicité. Déjà, certains sont offerts en ligne aux joueurs qui acceptent de recevoir des annonces. C'est le cas pour les jeux de compétition sportive, dans lesquels on retrouve toutes les publicités qui se font dans les stades et dans les spots qui ponctuent les retransmissions télévisées.

En 2007, une étude de Goldman Sachs estimait qu'il faudrait au moins cinq ans pour que les revenus « digitaux » des journaux compensent les pertes de la publicité sur le papier. Cette prévision est considérée aujourd'hui comme beaucoup trop optimiste, et la publicité en ligne récupérée par les sites d'information des journaux risque de ne jamais réussir à compenser celle qui est perdue sur le papier. Les investissements publicitaires ne sont pas infinis, et les parts de marché qui sont détournées vers de nouveaux « supports » électroniques sont généralement perdues pour de bon. Enfin, la multiplication des supports offerts aux annonceurs et leur fragmentation provoquent mécaniquement une baisse tendancielle du coût des annonces et donc, là aussi, des revenus des médias.

Ce bourgeonnement des nouveaux « supports » ne veut pas dire que *tous* les nouveaux entrants (sites Internet, télévision numérique, journaux gratuits, moteurs de recherche, sites sociaux, jeux, etc.) auront les moyens de vivre de la publicité, mais ils captent suffisamment d'argent pour ruiner une partie des médias d'information traditionnels. Quand un quotidien français qui peine à équilibrer ses comptes (c'est le cas de la plupart d'entre eux) perd brusquement 10 % de son chiffre d'affaires publicitaire, captés par les nouveaux acteurs du numérique, il est immédiatement menacé de faillite. Nous le constatons tous les jours.

Le modèle pervers des magazines

Les magazines ne sont guère mieux lotis que les quotidiens. La plupart d'entre eux reposent sur un modèle pervers : leur prix de vente est loin de refléter leur coût réel. Le prix des abonnements, en particulier, est maintenu artificiellement bas pour attirer les lecteurs. Souvent les magazines sont vendus à perte. Il ne s'agit plus de gagner de l'argent avec ce que payent les lecteurs, mais de vendre une audience, si possible identifiée (on dit « qualifiée ») aux publicitaires qui raffolent des CSP +, ces cadres plus ou moins supérieurs. Nombre de ces magazines ont été, bien avant la lettre, des quasi-gratuits. Rares sont les exceptions, comme *Le Canard enchaîné*, *Charlie* ou les hebdomadaires fondés par Jean-François Kahn, auquel il faut reconnaître le mérite d'avoir averti, depuis très longtemps, que ce système était suicidaire.

Certes, pendant quelques décennies, ce marketing a représenté une véritable mine d'or pour les éditeurs (dans les années 1970, le mensuel *L'Expansion* était passé quinzomadaire, ne pouvant pas absorber toutes les pages de publicité sur un seul numéro par mois), même si l'on pouvait parfois se demander si les abonnés, qui payaient à peine la moitié du prix officiel et se voyaient offrir des chaînes stéréo en prime, étaient de véritables lecteurs. Qui n'a souscrit un abonnement bradé pour recevoir un radio-réveil, une montre ou un lecteur de CD ? Cette fête-là est bien finie : le transfert de la manne publicitaire s'accélère, et il est loin de bénéficier aux organes de presse.

La publicité migre sur Internet

La publicité en ligne devrait connaître une croissance de plus de 20 % par an jusqu'en 2011. D'ici à quatre ans, à en croire le fonds d'investissement Veronis Suhler Stevenson (VSS), spécialisé dans les médias, la publicité sur Internet pourrait peser 62 milliards de dollars, contre 60 milliards pour les journaux et 86 milliards pour la radio et la télévision. Seule une infime partie de ces budgets sera récupérée par les sites des journaux [1]. « Nous vivons un tournant majeur dans le panorama des médias », affirme James Rutherfurd, directeur de VSS. La Corée du Sud confirme ces prévisions : dans ce pays laboratoire des nouvelles technologies, Internet drainait déjà, en 2005, plus de 34 % des investissements publicitaires.

En France, l'évolution, plus lente à démarrer, n'en est pas moins spectaculaire : Internet représentait plus de 20 % de la consommation média en 2007, alors que moins d'un Français sur deux était connecté. La Toile est devenue le principal moteur du marché publicitaire, le seul média à voir sa part de marché réellement augmenter : de 5,9 % à 10,8 % en 2007 (premier semestre). En 2006, 1,7 milliard d'euros de

---

1. « VSS Communication Forecast 2007 », 21ᵉ édition.

publicité avait été dépensé en ligne, contre 7 milliards dans la presse, 6,3 à la télévision, 3,3 à la radio et 2,6 en affichage.

Aucun des médias traditionnels n'échappe à ce tremblement de terre. Certes, la télévision demeure — mais pour combien de temps? — le dernier grand média de masse, celui qui réunit encore toute (ou une bonne partie de) la famille dans le salon. Elle reste indispensable aux grands annonceurs lorsqu'ils veulent lancer des produits de consommation de masse ou de nouvelles marques globales. Mais les professionnels de la publicité estiment que l'augmentation des tarifs des spots télévisés, alors que l'audience des grandes chaînes généralistes baisse, est désormais excessive. « Comment peuvent-ils continuer à exiger de plus en plus pour de moins en moins de spectateurs? » s'interroge Geoffrey Frost, responsable marketing de Motorola. TF1 a franchi un seuil symbolique en avril 2008 : pour la première fois, sa part d'audience (27,2 %) ne représentait plus que la moitié de sa part de marché publicitaire (55 %).

Tous savent qu'un autre phénomène inéluctable a commencé : l'offre télévisuelle va en se fragmentant du fait de la multiplication des chaînes (TNT, câble, satellite) et des diversifications de la vidéo sur Internet. Les parts d'audience vont irréversiblement continuer de diminuer [1]. Aux États-

---

[1]. Cf. Jean-Louis Missika, *La Fin de la télévision*, Éd. du Seuil, 2006.

Unis, l'audience des grands réseaux de télévision s'est érodée de 2 % par an au cours des dix dernières années, alors que la population américaine s'accroissait de 30 millions de personnes. En France, cette tendance s'est vérifiée pour la première fois en 2006, et massivement chez les 18-34 ans : 71 % d'entre eux déclarent passer de moins en moins de temps devant la télévision[1].

« Nous assistons à un inévitable et lent effondrement de l'ensemble du marché des *mass media* », constate Joseph D. Lasica, président de Social Media Group, alors que Jim Stengel, chef marketing du géant Procter and Gamble, le lessivier roi de la pub télé, à la tête d'un budget de 5,5 milliards de dollars, assure devant l'American Association of Advertising Agencies (AAAA) que le modèle publicitaire actuel est « cassé[2] ».

La fin des « news » ?

Il faut tordre le cou à un lieu commun qui voudrait que « jamais l'apparition d'un nouveau média n'a fait disparaître ceux qui le précédaient ». L'affirmation a des allures d'évidence : la radio n'a pas fait disparaître la presse écrite,

---

1. Étude Médiamétrie, Médiamat annuel 2006.
2. XIVe conférence de l'AAAA, mars 2007.

la télévision n'a pas tué la radio, et la multiplication des chaînes de télévision n'a pas ruiné les grands *networks*. On oublie de préciser que les grands quotidiens généralistes, qui, en France, diffusaient plusieurs millions d'exemplaires au début du XXe siècle et qui comptaient encore des dizaines de titres après 1945, ne sont plus que quatre — *Ouest-France, Le Parisien-Aujourd'hui en France, Le Monde* et *Le Figaro* — à atteindre ou dépasser, parfois péniblement, les 400 000 exemplaires, que les grandes radios généralistes ont vu leur audience divisée par deux depuis les années 1980 et que les grandes chaînes de télévision perdent chaque année des dizaines de milliers de spectateurs.

La révolution numérique masque un autre bouleversement, plus lent et amorcé bien avant l'apparition d'Internet, mais tout aussi ravageur et dont les effets se combinent désormais : l'intérêt de nos sociétés pour l'information s'érode chaque année. La consommation de *news* aux États-Unis est ainsi à son plus bas niveau depuis un demi-siècle. Dans une étude retentissante, le chercheur américain Robert G. Picard[1] a mesuré ce désintérêt vertigineux. La diffusion des quotidiens était de 53,829 millions d'exemplaires

---

1. Robert G. Picard, « Journalism, Value Creation and the Future of News Organizations », Joan Shorenstein Center on the Press, Cambridge (Massachusetts), Harvard University, *Research Paper R-27*, 2006, p. 8.

vendus chaque jour en 1950, contre 54,626 millions en 2004, alors que la population totale a augmenté de 131,2 millions dans la même période! On est ainsi passé de 353 exemplaires vendus pour 1 000 habitants à moins de 183 pour 1 000, soit une chute de 48 %.

Même pente — à peine plus douce — pour les magazines d'information. La diffusion des trois principaux titres, *Time*, *Newsweek* et *US News and World Report*, a diminué entre 1988 et 2003 de 11 millions de lecteurs (31 millions contre 42), soit une baisse de 26 %.

Selon la même étude américaine, la fameuse institution du journal télévisé du soir vacille elle aussi. Les JT attiraient en moyenne 52,1 millions de téléspectateurs en 1980, contre seulement 28,8 millions en 2004. Entre-temps, la population américaine a crû de 70 millions de personnes. Ainsi les habitués des journaux télévisés ont-ils décliné de 229 pour 1 000 habitants à environ 97 pour 1 000, soit une chute de 58 % en moins d'un quart de siècle.

Mais où sont partis ces millions de lecteurs ou de téléspectateurs autrefois intéressés par l'information? Pas vraiment sur les chaînes du câble, affirme Robert G. Picard, où l'on observe à la fois une très grande infidélité du public et une courte durée moyenne d'écoute. Pas vraiment non plus sur Internet : sur le site du *New York Times*, le plus grand des quotidiens, les 12 millions de visiteurs uniques par mois ne regardent en moyenne qu'une seule page (les grands titres ou une information précise). Enfin, en moyenne annuelle, les internautes qui consultent Yahoo! News ne représentent que 17 % des utilisateurs d'Internet, ceux d'AOL News, 10 %, et ceux de Google News, à peine 6 %.

« Il y a un déclin très vif de la consommation de *news*, conclut Picard ; les consommateurs de médias investissent moins d'argent et de moins en moins de temps pour s'informer. D'autres fournisseurs de contenus ont progressivement attiré des lecteurs, des auditeurs et des téléspectateurs au détriment des médias d'information et ont ainsi détruit la valeur que leur *business model* avait créée tout au long du XXe siècle [1]. » Le chercheur invoque tour à tour l'épuisement des croyances, des engagements et des modèles collectifs, le triomphe de l'individu et la fragmentation de nos sociétés comme causes de la baisse de l'intérêt même du grand public pour l'information. Un changement générationnel se produit aussi : une étude du Times Mirror Center for the People and the Press [2] a mis en

---

1. *Ibid.*
2. Devenu The Pew Research Center for the People & the Press *(http://people-press.org)*.

évidence le faible intérêt pour les *news* des moins de trente ans[1]. Une autre étude de Harvard conclut que 60 % des adolescents ne prêtent aucune attention aux actualités quotidiennes.

Dans le magazine américain *Vanity Fair*, l'éditorialiste Michael Wolff confesse son désarroi, celui des générations qui se sont « construites et identifiées dans leur rapport à l'information », aux petites et grandes affaires du monde mises en scène par les médias : « La consommation de *news*, cette pratique légèrement fétichiste, cette expérience plus ou moins distrayante, qui définissait un large espace commun, collectif, est en passe de disparaître[2]. »

Certaines formes de presse vont disparaître

Le succès d'Internet menace la notion même de « titre » et la valeur de la marque. Trop d'éditeurs justifient leur faible réactivité aux nouveaux médias par le fait qu'ils disposeraient de « marques fortes », vers lesquelles les internautes se dirigeraient naturellement, attirés par le capital de confiance et la crédibilité desdites marques. Sans même insister sur le fait que les nouvelles générations, très peu acheteuses de

---

1. *Time*, 9 juillet 1990.
2. Michael Wolff, « Is This the End of News? », *Vanity Fair*, octobre 2007.

journaux, ne s'intéressent guère aux vieilles marques, on vérifie chaque jour que se créent de nouvelles marques qui deviennent très vite des *leaders* sans disposer du moindre capital historique. Google, Yahoo! ou MSN n'ont que quelques années d'existence, mais sont les sites les plus consultés.

Les vieilles institutions semblent avoir beaucoup plus de difficultés à s'adapter aux nouveaux médias et à faire leur trou. Il est commun de dire que les fabricants de diligences n'ont pas construit de voitures et que l'avenir appartient peut-être aux nouveaux venus, sans passé et sans pesanteurs. Les *pure players* sont généralement en avance sur les groupes multimédias. Le site indépendant auFeminin.com, qu'a racheté le groupe allemand Axel Springer pour 284 millions d'euros, est le premier portail féminin en Europe, devant celui de *Elle*, pourtant l'une des marques les plus prestigieuses de la presse féminine. Pour reconquérir de l'audience, nombre de journaux se résignent à passer des accords avec de grands portails, auxquels ils cèdent leurs articles d'information.

L'âge moyen des utilisateurs des sites des journaux *on-line* est passé de 37 à 42 ans entre 2000 et 2005 : même sur Internet, le lectorat des journaux vieillit. Cet âge est certes inférieur à celui des lecteurs papier (55 ans), mais les chiffres indiquent néanmoins l'échec de la stratégie des journaux pour conquérir le public cité à réunir des audiences fidèles et souvent connectées en permanence. Ils fournissent de nombreuses données sur leurs utilisateurs qui, par ailleurs, forment des sous-groupes aux centres d'intérêt communs. Ils pourraient permettre de cibler les annonces publicitaires avec une grande précision. Facebook a ainsi lancé son programme spécifique de publicité numérique, SocialAds, en novembre 2007. Grâce à ce système, l'annonceur propose une publicité et précise les profils des clients qui l'intéressent (sexe, âge, nationalité, niveau d'études, etc.). Ensuite, SocialAds envoie la publicité aux membres de Facebook qu'il a sélectionnés sur cette base, parmi ses 70 millions de membres actifs...

Facebook a dû faire machine arrière devant les protestations des utilisateurs qui n'appréciaient pas cette intrusion dans leur vie privée — l'internaute a un fort tropisme libertaire —, mais ce n'est que partie remise. Les publicitaires devront faire preuve de plus de subtilité qu'aujourd'hui : les jeunes internautes, en particulier, font de plus en plus usage de logiciels d'évitement des bandeaux publicitaires, et ils se disent bien plus sensibles aux avis de leurs amis qu'aux publicités.

Pour ne pas perdre pied dans le monde numérique, Publicis, l'agence de publicité française, quatrième groupe mondial, a racheté pour 1,3 milliard de dollars Digitas, une agence spécialisée dans le « digital ». Grâce à elle, Publicis prévoit de fabriquer — en sous-traitant dans des pays à bas coûts — des milliers de versions d'une même publicité. Ensuite, à l'aide des algorithmes des ordinateurs, ses clients pourront « cibler » chaque consommateur avec le message qui leur correspond, au moment où ce sera le plus efficace.

Finies les publicités dont on ignorait l'impact réel. Pour les annonceurs et les agences, Internet et la numérisation ouvrent une nouvelle ère dans ce domaine avec le paiement à la performance : les publicités n'étant plus lancées à l'aveugle, on sait immédiatement si elles sont efficaces. Les tarifs sont proportionnels au nombre de « clics » enregistrés sur l'annonce et éventuellement aux actes d'achat qui suivent. David Kenny, le patron de Digitas Inc., s'en expliquait en octobre 2007 devant plus de quatre cents représentants des grands journaux du monde réunis à Amsterdam : « C'est en passant de plus en plus de temps sur Internet que les consommateurs construisent leurs décisions d'achat ; c'est donc là où les annonceurs doivent se manifester, et nous les aidons à cibler leurs clients au meilleur moment. » Juste après lui, Steve Seraita, vice-président du grand cabinet d'études américain Scarborough Research, enfonçait le clou : « La presse imprimée ne sera bientôt plus le support de base d'une campagne publicitaire. »

III

La machine Google

Le plus gros succès de l'ère numérique

Google, le plus puissant moteur de recherche au monde — près de 49 milliards de recherches effectuées durant le seul mois de juillet 2008, soit 65 millions chaque heure[1] —, hégémonique dans les pays industrialisés occidentaux, est devenu en l'espace de dix ans une machine à publicité qui tire toutes les ficelles de cette nouvelle économie. Le géant d'Internet affiche une redoutable puissance : plus d'un internaute sur deux l'utilise. Il compte près de 20 000 salariés, surtout des ingénieurs de très haut niveau, qui lui donnent un avantage compétitif certain sur des concurrents tels que Microsoft, et il fait tourner quelque 500 000 ordinateurs implantés dans 32 pays. La firme de Mount Valley, en Californie, qui est désormais bien plus qu'un

1. *The New York Times*, 4 septembre 2008.

simple moteur de recherche, a absorbé à elle seule 25 % des investissements publicitaires sur Internet en 2006 aux États-Unis, et l'estimation pour 2007 était de 30 %.

Elle a inventé l'idée de lier les pages de publicité avec les mots clés recherchés par les internautes. Avec son système d'enchères AdWords, elle vend ces mots clés aux annonceurs dont les réclames apparaissent automatiquement dès qu'un internaute recherche ce mot. Un mécanisme d'enchères pour l'achat de mots permet à l'annonceur de calculer la somme qu'il entend dépenser en fonction du résultat escompté. Si vous tapez le mot « vacances », des sites d'agences de voyages et des offres de location s'affichent automatiquement, sur la droite de la page. Google gère aussi une régie d'espace, AdSense, qui domine le secteur de la « publicité contextuelle » en proposant aux sites Internet d'accueillir sur leurs pages des encarts associés à des mots clés figurant dans leurs contenus [1]. Elle établit en quelque sorte une relation entre le texte et le sens. Olivier Bomsel en tire la conclusion suivante : « Google est ainsi le navigateur universel, l'opérateur borgésien qui transforme l'univers du texte en bibliothèque de Babel. En combinant cette fonction à une res-

---

1. Pour plus d'explications, cf. l'excellent ouvrage d'Olivier Bomsel, *Gratuit!*, Gallimard, coll. « Folio actuel », 2007, pp. 249 *sqq*.

source publicitaire par une plate-forme à deux versants, Google est devenu, en à peine dix ans, le plus grand succès industriel de l'ère numérique[1]. »

Il ajoute : « Grâce à des outils de facturation très précis, l'efficacité du processus pour les annonceurs et les sites d'accueil peut être suivie mondialement et ajustée en temps réel, ce qui fait d'AdSense la régie publicitaire la plus internationale et la plus interactive du marché[2]. » C'est aussi la première à être gérée en temps réel, le tout de façon entièrement automatique, grâce aux algorithmes calculés par les brillants ingénieurs de la firme.

En rachetant pour 3,1 milliards de dollars DoubleClick, société *leader* dans la vente des bandeaux de publicité sur Internet, Google a confirmé sa volonté de devenir la plus grande régie publicitaire mondiale. La Commission de Bruxelles ne s'y est pas trompée, qui a ouvert une enquête sur les risques de pratiques anticoncurrentielles. DoubleClick suit plus de 80 % des internautes à l'aide de ses *cookies*, des mouchards qui pistent les pages regardées et permettent d'adresser des publicités ciblées en fonction du profil et des centres d'intérêt des visiteurs.

Google a fait une offre de collaboration aux radios, aux télévisions (un accord a été signé

1. *Ibid.*, p. 245.
2. *Ibid.*, p. 243.

avec NBC en septembre 2008) et aux journaux traditionnels en leur proposant de partager certains de ses revenus publicitaires. Ce qui ne l'empêche pas d'augmenter son chiffre d'affaires, et ce d'autant plus facilement que ses coûts sont presque fixes en raison de la souplesse et de la puissance des technologies qu'il emploie et de l'automatisation totale de ses systèmes : Google peut offrir n'importe quel nouveau service — on estime qu'il en a mis près d'un millier sur le marché — avec un minimum de risques financiers, souplesse dont ne dispose aucun groupe de médias traditionnel. Chaque nouveau budget encaissé devient du bénéfice net. Là réside un des secrets de sa réussite financière.

Beaucoup de journaux se laissent tenter par ces collaborations puisque Google leur amène de nouveaux annonceurs. Il offre en outre de commercialiser toutes leurs archives. On peut toutefois se demander qui est gagnant au bout du compte : le journal reçoit généralement la moitié du revenu publicitaire, ce qui lui procure un petit supplément de ressources, tandis que Google, en multipliant ces collaborations à l'infini, amasse des fortunes. La matière première, l'information, est fournie par le journal ; Google apporte sa technologie... qui ne lui coûte rien. De plus, la plupart des journaux se présentent en ligne sous la forme de portails, alors que la majorité des accès à leurs informations se fait désormais à travers les moteurs de recherche, qui cannibalisent encore un peu plus la publicité.

En lançant, en septembre 2008, Chrome, un navigateur venant concurrencer directement Microsoft Internet Explorer (72 % du marché en 2008), Google a clairement indiqué qu'il entendait s'installer aussi à la porte d'entrée du Web, puisqu'un navigateur joue à l'égard d'Internet le même rôle que le système d'exploitation pour les ordinateurs. Après avoir nié pendant des années s'intéresser à cette technologie, Google s'est doté brusquement d'une plate-forme moderne pour le Web et les applications, notamment pour les plus prometteuses d'entre elles, les applications mobiles. Proposé en un système « ouvert », dans le code duquel chaque internaute peut accéder et éventuellement l'améliorer, Chrome s'offre le luxe d'apparaître plus démocratique et coopératif que son concurrent et, dans le même temps, de profiter gratuitement des innovations que les utilisateurs pourront lui apporter. C'est encore une fois très malin.

Chaque mois livre son lot d'innovations et de lancements. Avec Androïd, système d'exploitation pour les téléphones et toutes sortes de terminaux mobiles, conçu sur la base de la technologie « ouverte » de Linux, la firme pénètre sur le marché des fournisseurs d'accès et de la téléphonie mobile. Elle évite de la sorte de se laisser distancer dans ce domaine en pleine expansion. Elle a aussi acquis l'exclusivité d'un satellite de télécommunications pour perfectionner ses systèmes de cartographie Google Earth et Google Maps, et probablement pour se développer dans la géolocalisation. Androïd est téléchargeable gratuitement, et certains fabricants de téléphones portables, à l'image du chinois HTC et des coréens Samsung et LG, se sont engagés à en équiper leurs futurs terminaux.

Microsoft a compris depuis quelque temps la menace. En octobre 2005, Bill Gates a rédigé une note interne à destination de ses salariés expliquant : « La vague des services qui se produira prochainement peut se révéler extrêmement nuisible [pour Microsoft]. Nous avons des concurrents qui saisiront ces opportunités pour nous livrer une forte compétition [1]. »

La plus grande régie publicitaire du monde

Les succès de Google et les nouvelles initiatives de Microsoft ou celles d'Amazon — qui installe ses propres parcs d'ordinateurs — illustrent l'ascendant qu'ont pris les États-Unis sur le marché des nouvelles technologies de la communication, position dominante qui leur permet de capter une grande partie des créations de valeur dans le monde entier. Peu de gens semblent

---

[1]. Cité par Nicholas Carr, *The Big Switch*, New York, Norton, 2008, p. 63.

en avoir pris conscience, mais c'est à juste titre que Didier Lombard, le P-DG de France Télécom/Orange, souligne que l'on « assiste à un transfert financier croissant vers les États-Unis ». « À titre illustratif, explique-t-il, si l'on considère qu'environ 70 % des recettes publicitaires *on-line* européennes sont réalisées par des acteurs américains, le transfert de richesse induit de l'Europe vers les États-Unis représentait déjà environ 7 milliards de dollars pour l'année 2007. De la même manière, le transfert de richesse de l'Asie vers les États-Unis peut être estimé à 6 milliards de dollars pour l'année 2007. En pratique, une part croissante du budget publicitaire des grandes entreprises européennes et asiatiques est en train d'être réorientée des médias traditionnels (la plupart du temps locaux) vers les acteurs (essentiellement américains) de la publicité sur Internet. Au final, ce sont les dépenses de consommation des Européens et des Asiatiques qui se trouvent progressivement captées par la Silicon Valley californienne [1]. »

« Les hommes de Google sont en train de refonder totalement une industrie », constate aussi le Suédois Mats Lindgren, fondateur du groupe de prospective Kairos. « Google veut clairement se substituer à l'ensemble de l'indus-

---

1. Didier Lombard, *Le Village numérique mondial*, Odile Jacob, 2008, p. 137.

trie de la publicité », renchérit Cindy Gallop, ancienne responsable de l'agence de publicité BBH [1]. Poursuivant cette entreprise de conquête, la firme californienne s'est lancée, en juin 2008, dans la mesure d'audience, une fonction décisive pour la publicité. Lorsque les annonceurs auront totalement confiance dans ces mesures — ce qui n'était pas encore le cas en 2008 —, le marché de la publicité en ligne connaîtra sans aucun doute une accélération significative, d'autant plus que, contrairement à ses rivaux Nielsen et Comscore, qui font payer leurs études, Google offre ses services gratuitement.

Google a aussi créé Ad Planner, un instrument qui permet de déterminer sur quels sites une publicité est la plus efficace et qui vise à séduire les petits annonceurs, ceux qui n'ont pas les moyens de faire de grandes campagnes, mais peuvent investir si on leur garantit qu'ils atteindront leur cible avec précision. Cela revient à occuper le créneau du métier de média-planneur, naguère apanage des agences de publicité. En lançant Knol, une encyclopédie manifestement destinée à concurrencer Wikipédia — mais avec des articles signés et probablement rémunérés —, Google espère s'installer aussi sur un nouveau marché, qui, il ne faut pas en douter, sera rapidement rentabilisé, probablement avec de la publicité liée aux définitions proposées.

---

1. *International Herald Tribune*, 23 juin 2008.

Le géant californien s'est encore donné les moyens d'enregistrer le comportement des internautes en suivant leurs déplacements sur la Toile pour en déduire automatiquement leurs centres d'intérêt et leur adresser les publicités qui y correspondent. Les milliers d'ordinateurs qui stockent ces données les gardent ensuite pendant dix-huit mois (en Europe, cette durée ne devrait pas excéder six mois).

Au printemps de 2008, Google a inauguré un système qui permet aux internautes de stocker et gérer leurs données médicales personnelles. Il affirme que l'accès à Google Health est totalement sécurisé et indépendant de la plate-forme permettant aux internautes de surfer grâce au moteur de recherche de Google. Les internautes ne courraient donc pas le risque de voir leurs données médicales se retrouver sur Internet contre leur gré. Mais ce ne serait pas la première fois qu'après avoir proposé un service gratuit Google offrirait un peu plus tard de « monétiser » la base de données ainsi constituée. Quant à la sécurité, on a pu voir, entre autres, que des centaines de milliers de dossiers de citoyens britanniques ont été livrés « par erreur » sur le Web au printemps de 2008.

Les services de la messagerie gratuite Gmail, comme beaucoup d'autres services « offerts » par Google, sont déjà devenus de formidables moteurs à récolter des informations sur les utilisateurs. Dans les prochaines années, la possession de ces données et la capacité de les traiter seront des éléments décisifs pour le contrôle du marché de la publicité.

Quoi qu'il en soit, on a du mal à croire Eric Schmidt, le P-DG de Google, quand il assure ne pas vouloir faire de l'ombre aux agences de publicité. La menace de la désintermédiation plane au contraire sur elles : tout se passe comme si Google voulait tenir tous les bouts de la chaîne, traiter directement avec les annonceurs — c'est cela la désintermédiation — et ainsi enlever une grande partie de leur raison d'être et de leur métier aux agences de publicité. Mark Read, directeur de la stratégie de l'agence WPP, le reconnaît avec amertume en stigmatisant l'« agressivité » de Google : « Ils ont tendance à discuter directement avec nos clients. Les médias traditionnels étaient bien plus respectueux des relations agence-client [1]. »

Les moteurs de recherche deviennent les Walmart [2] de la publicité face aux boutiques chic, mais petites, des anciennes agences. De manière plus générale encore, Google remplace les métiers fondés sur la créativité par les algorithmes de ses programmateurs informatiques, qui ciblent la clientèle avec une précision jamais vue. Dans ce domaine du ciblage, les ressources

1. Cité par Ken Auletta, « The Search Party », *The New Yorker*, 14 janvier 2008.
2. La plus importante chaîne de grande distribution bon marché aux États-Unis.

paraissent infinies, et d'ailleurs Google est loin d'être le seul acteur de poids. Tous les géants d'Internet, comme Orange en France par exemple, s'y sont mis. Microsoft a pour sa part racheté, en 2008, la société Navic Networks, fondée sur un logiciel qui permet aux publicités diffusées sur le câble de se diriger vers les « audiences démographiquement désirables ». Ce genre de technique coûte généralement trop cher pour que les agences de publicité traditionnelles, beaucoup moins riches que les géants d'Internet, puissent se l'offrir.

À son tour, le fabricant de téléphones Nokia a mis le cap sur les services. Les cinq cents chercheurs de l'entreprise finlandaise ont été mobilisés pour mettre au point des services de géolocalisation, de films en 3D, etc., sur les téléphones, considérés comme des terminaux multimédias. Nokia veut très vite devenir « le plus grand réseau mondial de distribution média », comme l'a déclaré Tero Ojanperä[1], vice-président de la firme. Il entend vendre trente-cinq millions de nouveaux portables équipés de GPS, un système qui permet de localiser en permanence le consommateur. Une régie de publicité est alors censée indiquer au consommateur localisé quels sont les magasins ou les promotions susceptibles de l'intéresser dans son proche

---

1. Conférence de l'Online Publishers Association, Londres, mai 2008.

environnement. Cela permettrait également à de petits annonceurs — magasins locaux — de se faire connaître. Au Japon, ce système de publicités géolocalisées fonctionne dans plusieurs grandes villes.

Le Far West et les hors-la-loi

En 2004, Google générait 3 milliards de dollars de bénéfices et, avant le krach de septembre 2008, une marge opérationnelle de 60 % : le prix de l'action de l'entreprise créée en 1998 par deux étudiants de Stanford, Larry Page et Sergey Brin, avait quadruplé. Au début de 2008, la firme était valorisée à plus de 200 milliards de dollars, dégageant, cette même année, 4,85 milliards de dollars de profits pour un chiffre d'affaires de 19,6 milliards de dollars. Qui peut lui résister ?

Internet offre une forte prime aux plus gros acteurs. Aux États-Unis, les dix premiers sites (parmi lesquels, il faut le noter, on ne compte pas un seul groupe de presse) s'octroient plus de 70 % des budgets de publicité. La bataille n'est plus entre le *New York Times* et le *Washington Post*, ni même le *Wall Street Journal* de Rupert Murdoch, mais entre Google et Microsoft, lequel a cherché à racheter Yahoo! pour combler son retard dans les services en ligne et la publicité, ou Amazon, le site marchand qui s'est fait connaître en devenant la première librairie au monde et qui vient, alors qu'il est déjà un supermarché en ligne, de s'allier avec TiVo[1] (quatre millions d'utilisateurs aux États-Unis). Ce mariage permettra aux abonnés d'acheter en ligne les produits vus sur les publicités ou signalés dans certaines émissions.

Une compétition de grande envergure s'est engagée entre les mastodontes des réseaux et tous les acteurs de la chaîne numérique pour savoir qui captera à la fois les nouveaux abonnés mobiles et les consommateurs des services qui y seront proposés. En fait, ça a déjà commencé : en France, on le voit avec la furieuse concurrence qui oppose France Télécom/Orange à Canal Plus. Les opérateurs télécoms, argumente le P-DG d'Orange Didier Lombard, « ne doivent pas se replier sur eux-mêmes en se cantonnant à vendre des tuyaux, mais se vivre comme de véritables "amplificateurs d'audience", bénéficiant des revenus publicitaires correspondants ». Il ajoute : « Tandis que, jusqu'à présent, la course aux revenus publicitaires était restée l'apanage des acteurs de services Internet tradi-

---

1. TiVo n'est pas un enregistreur vidéo numérique banal permettant d'enregistrer les programmes télévisés sur disque dur pour une lecture différée. Le système est si intelligent qu'il est capable de déceler les préférences du téléspectateur en analysant ce qu'il a regardé et de lui proposer une série d'émissions, parmi les centaines programmées sur le câble ou le satellite, dans la semaine à venir.

tionnels (comme Google et Yahoo!), les opérateurs ont désormais vocation à investir eux-mêmes ces nouveaux territoires [1]. » Pas de quoi rassurer les éditeurs de presse.

Didier Lombard explique très bien qu'une bataille pour l'appropriation de la valeur, concrétisée essentiellement par la publicité et les abonnements, est engagée tout au long de la chaîne de production des médias, entendus au sens large : des équipementiers aux réseaux, fournisseurs d'accès, services et autres moteurs de recherche, jusqu'aux créateurs de contenus. La même compétition a démarré pour la création et la gestion de la publicité, et les offensives de Google sur ce terrain montrent que la bataille sera sans merci. Chacun veut capter au passage l'audience, les clients payants et la publicité. C'est pourquoi l'on s'achemine vers la constitution de grands regroupements et un mouvement général de convergence.

Il s'agit bien d'une course de vitesse. Quand Orange devient fournisseur de services et de contenus (offres de télévision, productions de films, accords avec les producteurs d'information), Google, l'acteur emblématique des services, développe ses centres informatiques et de télécommunications et annonce qu'il participera à un projet d'installation d'un câble trans-

---

1. D. Lombard, *Le Village numérique mondial*, *op. cit.*, p. 200.

pacifique entre les États-Unis et le Japon. De même, Apple est entré sur le terrain des métiers de réseaux en lançant l'iPhone à la fin de 2007, alors même qu'avec iTunes il possédait déjà sa propre plate-forme de distribution. Quant à la librairie en ligne Amazon, elle a cessé de n'être qu'une grande surface virtuelle, proposant des services ou des logiciels, en attendant beaucoup plus.

Pour l'instant, Internet est un Far West : des meutes de « cow-boys » font avancer leurs chariots à toute allure pour conquérir le maximum de territoires, en l'occurrence l'audience et les services. Ils plantent les poteaux qui délimitent leurs nouvelles possessions, sans trop se soucier des règles et des habitudes, pour ne pas dire de la loi. La plupart d'entre eux s'accommodent très bien, en dépit de leurs protestations de vertu, de la présence des hors-la-loi, ces pirates et autres voleurs de contenus qui accroissent sensiblement le trafic en ligne. On peut toutefois être sûr que, dès que la conquête sera achevée, que les plus forts auront triomphé, les « shérifs » viendront rétablir la loi et l'ordre en pendant haut et court quelques-uns des petits aventuriers qui ne les auront pas respectés. Rapidement et brutalement, un nouveau monde se dessine. Les vieux médias semblent bien mal préparés à la foire d'empoigne qui se déroule sous leurs yeux.

Une transition à hauts risques

Face à la déferlante numérique et au grand basculement publicitaire qui l'accompagne, tout se passe comme si de nombreux éditeurs de journaux et dirigeants de groupes médias étaient pris de panique. Ils ont d'abord été déstabilisés par la quasi-disparition du pactole des annonces classées — des offres d'emploi à l'immobilier, en passant par l'automobile —, ces fameuses petites annonces (PA) qui constituaient, il y a dix ans encore, 76 % des recettes publicitaires des quotidiens et qui ont fondu comme neige au soleil. En France, la baisse du chiffre d'affaires des PA est de 20 % par an depuis 2004. On n'achète déjà plus un journal pour trouver un emploi, encore moins pour dénicher un appartement ou une voiture d'occasion.

Le salut par Internet ?

Devant l'érosion de leurs résultats financiers, les éditeurs de presse se sont précipités sur Internet comme sur une potion magique. En réalité, ils n'en connaissent encore ni les véritables effets ni l'efficacité économique durable. Jusqu'à présent, la plupart des sites journalistiques ne génèrent pas assez de revenus pour survivre, encore moins pour fabriquer une information de qualité. De toute façon, il est bien difficile de chiffrer leur rentabilité quand une bonne partie de leurs informations en ligne sont fournies par les journalistes du papier.

Les sites des journaux et magazines sont loin de rapporter autant que leurs équivalents papier. Quant à leurs tarifs de publicité, ils sont très inférieurs. On échange, selon l'expression qui illustre ce troc inégal, des euros de revenus contre des centimes. Au *Figaro*, par exemple, les PA sont vendues sur le site Web à un tarif sept fois inférieur à ce qu'il était sur le quotidien papier. « Même si vous doublez ou triplez ces revenus, cela ne suffira pas », reconnaît le dirigeant d'un grand groupe.

Conscients de ne pas faire le poids devant les nouveaux mastodontes d'Internet, certains se regroupent. Aux États-Unis, quatre groupes de presse (Tribune Company, Gannett Company, Hearst et le groupe New York Times) se sont alliés pour proposer une offre commune aux annonceurs. Avec quadrantONE, les annonceurs peuvent acheter des espaces sur les sites Internet de 170 médias locaux, correspondant à 50 millions de visiteurs uniques par mois. L'initiative n'est pas négligeable, mais elle n'a pas encore porté beaucoup de fruits puisque la publicité sur les sites des journaux progresse toujours moins vite que celle de tous les autres sites. De surcroît, elle arrive bien tard. Si les journaux français avaient été capables, à la fin des années 1990, de regrouper leurs offres de petites annonces, ils ne se seraient pas fait « dépouiller » par les nouveaux venus, *pure players* sur Internet. Dans le monde numérique, les positions perdues ne se rattrapent pas.

L'alliance que Google voulait nouer avec Yahoo! a fait hurler. La firme de Mount Valley envisageait de devenir la régie de la société de Jerry Yang — P-DG et fondateur de Yahoo! — et de distribuer une partie de ses annonces publicitaires sur les pages de Yahoo!. Cette dernière aurait vu son chiffre d'affaires sensiblement augmenter. Celui de Google aussi, cela va sans dire. La World Association of Newspapers (WAN), association basée à Paris et qui veut représenter 18 000 publications dans le monde, a dénoncé cette alliance, la menace pour l'indépendance des journaux et les risques de monopole qu'elle présente. Pour associer les annonceurs à sa protestation la WAN affirme que le duopole provoquerait une forte hausse des tarifs publicitaires. Si les risques de déséquilibre du marché sont évidents, les tarifs publicitaires n'ont pas de raison de bouger puisqu'ils sont fixés par enchères, font valoir les amis de Google. La protestation de la WAN a un parfum de combat d'arrière-garde même si le mariage a échoué.

Les patrons de presse le mesurent : ils sont entrés pour quelques années dans une zone de transition des plus périlleuses. « Pensez à la

Yougoslavie, écrit Bob Garfield, un des meilleurs analystes américains de la publicité et du marketing. Milošević a été renversé, la démocratie rétablie, mais, cinq ans plus tard, le chômage touchait 32 % de la population en Serbie, le Premier ministre était assassiné et les criminels de guerre continuaient de courir [...]. Il n'est pas possible de réaliser la transition vers quelque chose de nouveau sans une période de chaos. Il en va de même pour la transition des médias de l'ancien vers le nouveau. Le futur paradigme ne s'établira pas du jour au lendemain [1]. »

En juillet 2008, le P-DG de Google, Eric Schmidt, déclarait qu'avec l'effondrement de leur marché de petites annonces les journaux étaient entrés dans « un monde de douleurs » et que leur avenir lui paraissait « particulièrement sombre »[2]. Quarante-huit heures plus tard, on apprenait que le *Los Angeles Times* licenciait 150 journalistes, 17 % de son équipe rédactionnelle...

---

1. B. Garfield, « Chaos Scenario 2.0 », art. cité.
2. *Los Angeles Times*, 16 juillet 2008.

IV

Qu'est-ce que l'information ?

Information et publicité

Les annonceurs désertent peu à peu les journaux. Tout le monde s'en désole et craint pour la survie de la presse écrite. Mais là n'est peut-être pas le pire. Au-delà de la crise de la presse, c'est l'information elle-même qui est en jeu. La disparition des journaux ne serait pas une catastrophe si d'autres formes de diffusion de l'information, notamment sur Internet, les remplaçaient. Mais voilà : derrière l'abondance des informations sur le Web, la multiplication des sites et des journaux gratuits, le flot des commentaires de toutes sortes, force est de constater l'appauvrissement des contenus. C'est un cercle vicieux. Plus elle se banalise, moins l'information intéresse les lecteurs, notamment les plus jeunes, et moins elle attire le financement de la publicité. En bref, il faut se demander si les annonceurs, qui délaissent la presse écrite, ont encore besoin de l'information.

L'affaire est cruciale. Elle concerne les conditions d'existence du débat démocratique et menace d'une rupture historique avec l'époque moderne, celle qui commençait quand un Thomas Jefferson, l'un de Pères fondateurs de la démocratie américaine, pouvait dire que s'il devait choisir entre la survie d'un gouvernement et celle d'une presse libre, il choisirait cette dernière. Aujourd'hui, cette liberté de choix n'est plus assurée.

La publicité a permis le développement des médias de masse, à commencer par les quotidiens vendus à des centaines de milliers, voire à des millions d'exemplaires à la fin du XIXe siècle. Sa migration vers d'autres supports pourrait signifier non seulement la fin des journaux, mais aussi l'assèchement du terreau où s'écrit l'information de qualité, cette « histoire au jour le jour ». Un tel renversement rendrait difficile pour les citoyens la possibilité de faire des choix éclairés, mais aussi, pour leurs dirigeants, de savoir l'histoire qu'ils font.

Encore faut-il s'entendre sur ce que l'on appelle « information ». Si l'on en croit nombre de professionnels des médias et la plupart des responsables économiques, l'information serait un produit comme un autre, sinon une matière première dont un marché fixerait les cours. Que l'on produise des petits pois ou que l'on rende compte des nouvelles du monde et de la société, il n'y aurait pas de différence : l'industrie des médias devrait répondre aux mêmes critères de rentabilité que toutes les autres. Le produit devrait toujours s'adapter aux conditions économiques du marché. Les médias ne mériteraient d'exister que s'ils assurent assez de retour sur investissement à leurs propriétaires et à leurs actionnaires.

Ce n'est donc pas un hasard si le vocable « média » a été popularisé par l'industrie de la publicité, qui raisonne en termes de « supports » susceptibles de véhiculer ses annonces. Que le « média » soit fait d'information, de distraction, de services ou de toute autre activité susceptible d'attirer du public ne fait guère de différence pour le publicitaire. Le prospectus jeté dans une boîte aux lettres, le site Internet de rencontres, la plateforme de jeux vidéo ou le quotidien sérieux acheté en kiosque, tout cela c'est du « média », l'intermédiaire entre le producteur et les consommateurs. On mesure la confusion et la nécessité de clarifier les termes. Nommer, c'est définir et faire exister, mais c'est aussi choisir.

Une histoire démocratique

L'histoire de l'information est un long parcours qu'il ne s'agit pas de détailler ici, mais dont il faut comprendre la logique. Rappelons simplement qu'elle commence, pour les modernes, au début de la Renaissance. On la fait généralement remonter aux *Fugger-Zeitungen*, les « lettres » des Fugger d'Augsbourg, destinées à orienter la stratégie commerciale et financière de ces banquiers allemands qui contribuèrent à l'élection de Charles Quint à la tête du Saint Empire. Ce n'étaient d'abord que de simples copies d'*Avvisi*, produits par des professionnels de l'information diplomatique et politique établis à Venise, qui étaient diffusées dans toute l'Europe. Ces lettres contribuèrent, avec les rapports des diplomates et des espions, à créer un système d'information réservé à de petites élites qui, ainsi, s'ouvrirent les unes aux autres et apprirent à se connaître à travers toute l'Europe.

La circulation de ces nouvelles économico-politiques, qui a fait parler, avec un peu d'emphase, d'une « révolution de la communication au XVIe siècle », permettait de tisser des liens de confiance entre les marchands. Les informations sur les prix, les cours, mais aussi sur la fortune des négociants, les projets des souverains et la situation des pays organisaient un échange entre des acteurs peu nombreux qui disposaient de ce qui ressemble à nos lettres confidentielles.

Parallèlement se diffusaient dans les milieux populaires des « occasionnels » pour raconter les événements extraordinaires, des « canards » pour les faits divers, puis des « libelles » et des « placards », colporteurs de rumeurs à caractère politique, de pamphlets ou de ragots, qui se multiplièrent avec l'invention de l'imprimerie vers 1440, les guerres de Religion et les conflits en Europe. Ils annoncent les premières publications périodiques, qui mériteront, au début du XVIIe siècle, d'être considérées comme les vrais ancêtres des journaux.

La Gazette de Théophraste Renaudot (1631), à laquelle on fait remonter le premier titre de presse en France, était en fait sous l'influence du pouvoir — début d'une longue tradition nationale —, en particulier du cardinal de Richelieu. La Révolution vit fleurir les publications (on en comptera près de quatre cents en 1790), dans lesquelles se menèrent les débats politiques et qui envoyèrent plus d'un suspect à l'échafaud. Marat, Brissot, Desmoulins, Hébert, pour les plus fameux : déjà, les journalistes faisaient de la politique et les politiques du journalisme.

« Depuis la Révolution, écrit Jacques Rigaud, la presse aura été l'indispensable auxiliaire de la démocratie, contribuant à créer, par sa fonction d'information critique, l'atmosphère dont le débat public a besoin pour que le débat démocratique concerne et implique les citoyens. Il sera aisé de démontrer que la difficile émergence de la liberté de la presse au XIXe siècle, avec ses alternances de progrès et de régression, ponctue l'évolution vers la démocratie institutionnelle [1]. »

1. Note de la Fondation Saint-Simon, mars 1994, p. 10.

C'est avec le « journal à un sou » (équivalent de l'*Illustrated London News*, de 1842, et du *Penny Illustrated Paper*, de 1861) que naît en France la presse de masse, celle qui atteindra des tirages de centaines de milliers d'exemplaires, et bientôt de millions. Le 1er février 1863 paraît *Le Petit Journal* vendu un sou et privilégiant un contenu simple, largement accessible, puis les faits divers, le roman-feuilleton et plus tard les reportages, également publiés en feuilleton pour fidéliser la clientèle. Avec le temps, les rubriques s'étoffent — sciences, sports, médecine, etc. *Le Petit Journal* et bientôt ses concurrents, *Le Petit Parisien*, *Le Matin*, *Le Journal*, s'appuient sur les innovations technologiques de l'époque de la première industrialisation — la rotative, puis la linotype —, qui permettent les gros tirages (plus de 3 millions d'exemplaires, le 11 novembre 1918, pour *Le Petit Journal*), mais aussi sur le financement par la publicité, qui prend son essor grâce au développement économique et aux débuts du marketing.

Publicité et démocratie

Les médias de masse sont contemporains de la consommation de masse. Celle-ci rend nécessaire, pour les entreprises, le recours à la publicité, qui informe et séduit les consommateurs. Elle doit s'adresser au très grand public. La presse, au départ, et plus tard les médias audiovisuels sont pendant longtemps les seuls à pouvoir toucher le plus grand nombre et assurer une crédibilité aux produits promus. Ainsi les budgets publicitaires procurent-ils l'argent nécessaire à la production de l'information, que les revenus de la seule vente des journaux ne suffisent pas à financer. La presse est opulente. Un Albert Londres peut se faire financer des voyages longs et lointains sans lésiner sur les notes de frais. La « réclame » finance le journalisme de qualité tout en permettant de réduire le prix de vente des journaux et d'atteindre un public de plus en plus vaste. C'est le modèle qui, pendant un siècle et demi, a fait vivre, au moins dans tout l'Occident, une presse prospère et influente.

Avec l'émergence de la communication numérique, ce *business model* a été cassé. Aucun autre modèle n'a été trouvé à ce jour pour s'y substituer. Les conséquences en sont incalculables pour la vie en société et la vie politique. Comment imaginer l'avenir de la démocratie lorsque l'agora où elle se joue n'existera plus ?

Le problème ne se pose certes pas partout de la même manière. Si les médias, ou plus précisément la diffusion de l'information, et la démocratie moderne sont indissolublement liés, ils ne s'articulent pas toujours semblablement. En France, où, depuis la Révolution, le fonctionnement de la démocratie représentative a toujours été contesté, la presse a joué un rôle essentiel dans le débat public. « Deux voies alternatives s'offraient à la société française, estime Jacques Rigaud, quand elle s'est dressée, au XVIIIe siècle, contre l'arbitraire politique : celle de la représentation politique, suivie en Angleterre ; ou celle du développement de l'espace public. Or, c'est bien cette dernière qui a été choisie : étape décisive puisqu'elle impliquait que la démocratie française se construirait en s'appuyant sur le pouvoir de l'opinion et non pas sur celui des représentants du peuple[1]. »

Il n'est pas sûr que l'opposition soit aussi nette : dans les pays anglo-saxons, l'opinion publique, exprimée notamment par les organes d'information, est un élément constitutif du système démocratique. Les notions de quatrième pouvoir et de *watchdog*[2] y sont nées. Si la représentation parlementaire y fut longtemps prise plus au sérieux qu'en France, elle est soumise elle aussi aux aléas de la démocratie d'opinion dans ce qu'elle a parfois de pire. On n'a pas oublié l'affaire Monica Lewinski, la stagiaire de la Maison-Blanche à l'origine d'un scandale sexuel, qui affaiblit durablement la présidence de Bill Clinton.

---

1. *Ibid.*, p. 9.
2. Organisme de contrôle ; littéralement « chien de garde ».

De quoi l'information est-elle le nom ?

Encore s'agit-il, une fois de plus, de s'entendre sur ce que l'on appelle « information ». La confusion est grande. On emploie indifféremment les mots « médias », « communication », « *news* » ou « information », sans toujours réaliser qu'ils renvoient à des choses différentes. Un « groupe médiatique » peut ne pas faire ce que nous appelons ici de l'information. Mais quand le grand public ou les hommes politiques s'en prennent aux « médias », c'est aux journaux d'information, aux journalistes de l'écrit et en second lieu à ceux de l'audiovisuel qu'ils en ont; pas aux animateurs de la *Star Ac'*, ni aux producteurs de jeux vidéo ou aux fabricants de téléphones portables, pourtant promus, dans le langage courant, au rang de médias.

Enfin, si les journalistes se défendent de faire de la communication, ils travaillent de plus en plus souvent dans des groupes de communication. « Nous devons nous employer à empêcher que la presse finisse absorbée dans "les médias" [*absorbed into the Media*] », insiste Jay Rosen [1], professeur de journalisme à la New York University, qui regrette que l'on ait pris l'habitude de parler de médias quand on désigne la presse.

---

1. Sur son blog, Pressthink, 1er septembre 2003.

Ce que nous appelons « production de l'information » est un dispositif qui obéit à des règles, forgées plus dans la pratique que par la théorie. Elle traite des affaires de la nation et du monde, ce que l'on désignait jadis comme les affaires de la cité. Il s'agit autant de politique intérieure et internationale, d'économie, de « social-sociétal », que de débats d'idées, d'innovations, de science, de santé, de religion, de sécurité intérieure, de choix posés à la nation (enseignement, immigration, infrastructures, aménagement, justice, éthique, libertés publiques, etc.), de culture, de spectacles, de manifestations sportives, de vie des associations et autres groupements, d'accidents et de faits divers, de guerre et de paix, etc. La liste est longue et s'accroît sans cesse puisqu'il s'agit d'informer sur tout ce qui concerne les citoyens.

Le journalisme consiste à suivre et rendre compte de l'actualité de toutes ces questions. Le journaliste exerce un métier mal défini, relevant de l'artisanat et de l'empirisme. Sa définition est essentiellement tautologique : est journaliste celui qui fait du journalisme. Mais avec la multiplication des médias, cette définition s'est tellement brouillée qu'elle recouvre aujourd'hui une infinité de pratiques, souvent étrangères les unes aux autres. L'historien Pierre Rosanvallon fait remarquer justement que « le fait de parler au singulier du journalisme est devenu l'obstacle le plus dirimant à la compréhension de ce qu'est l'espace public[1] ». Il ajoute : « Le journalisme doit remplir deux fonctions : organiser l'espace public mais aussi produire des révélations. Révéler d'abord au sens de tendre un miroir à la société, pour qu'elle prenne conscience de ce qu'elle est véritablement. C'était très net au moment de la Révolution française, parce que les citoyens avaient le sentiment d'entrer dans une société nouvelle. Le journaliste était alors un explorateur direct sur le terrain de cette société en train de se faire. »

Il pointe le fait que l'époque contemporaine la plus récente, celle qui suit la fin des totalitarismes du XXe siècle, a eu tendance à faire du journalisme un « métier comme les autres ». « Dans les années 1970, explique Rosanvallon dans cette même interview, beaucoup de journalistes que j'ai connus vivaient leur pratique comme un engagement citoyen. Aujourd'hui, beaucoup sont journalistes comme ils exerceraient n'importe quel métier. De ce point de vue, la télévision a certainement joué un rôle déterminant, car elle nécessite une certaine forme de savoir-faire technique, notamment en matière de présentation de soi. Mais il reste une différence énorme entre un journaliste de plateau qui se contente d'attiser le conflit entre deux invités pour produire du spectacle et un

---

1. Interview accordée au quotidien en ligne *Mediapart*, le 8 février 2008.

autre qui a lu des livres et se pose la question de savoir comment restituer de manière profonde et ouverte un vrai contenu intellectuel. »

Cette pratique est néanmoins codifiée, et ce sont ces codes et ces pratiques que l'on enseigne dans les écoles de journalisme, qui sont essentiellement des écoles professionnelles d'application. Le métier des journalistes consiste à identifier les problèmes, les documenter, vérifier ce qu'ils découvrent, ou ce qu'on leur communique, hiérarchiser les questions (elles ne peuvent être toutes traitées également en même temps), les mettre en perspective, les situer dans leur contexte et les exposer le plus clairement et le plus honnêtement possible. Ce travail de mise en forme raisonnée, de tri, de hiérarchisation donne du sens au fatras des informations qui arrivent chaque jour, chaque heure, chaque minute, comme on le voit aujourd'hui sur Internet. Les rapporter avec un peu de talent, une capacité à les faire vivre, à les raconter de manière intéressante, n'a jamais été un défaut.

Sans cet effort pour raisonner l'information — démarche toujours critiquable puisqu'elle relève du choix —, le débat démocratique devient impossible, noyé dans la cacophonie et la rumeur. Quel sens y a-t-il en effet à mettre sur le même plan une enquête sur la malnutrition des enfants en Afrique et les dernières péripéties de dame Paris Hilton, riche héritière qui, grâce à Internet, est devenue une « célébrité » dont la seule vertu est d'être... célèbre? Souvent, on entend des industriels des médias soutenir que les journaux « continuent à bien se vendre », mais, dans leurs calculs, qui sont faits à l'aune de la rentabilité, ils mélangent allégrement les organes d'information qui traitent de l'actualité au sens où nous l'avons définie ici et les publications qui traitent de la vie des *people*.

La télévision a depuis longtemps contribué à brouiller les valeurs et l'image du journalisme. Pour une grande partie du public, l'animateur de la *Star Ac'* ou d'un jeu est un journaliste, puisqu'il « passe à la télé ». Il n'y a plus guère de différence entre une Marine Jacquemin, qui exerce son métier dans des conditions extrêmes en Afghanistan, une Manon Loiseau, qui risque sa vie en Tchétchénie, et l'amuseur Karl Zéro, qui joue les enquêteurs Rouletabille en lançant ses « informations » sensationnalistes et non vérifiées dans des shows qui mélangent une caricature de journalisme avec les variétés. Les Américains ont forgé le terme d'*infotainment* (information + *entertainment*, les variétés) pour désigner ces nouvelles formes de journalisme où le spectateur ne sait plus, au bout du compte, ce qui relève du spectacle ou de l'information. Quel rapport y a-t-il encore entre la jolie jeune femme blonde qui lit en souriant sur un prompteur un texte souvent rédigé par d'autres (longtemps la chaîne CNN a employé des comédiens, jouant au journaliste, pour lire les informations) et le chroniqueur capable d'expliquer clairement les enjeux du budget de la nation, entre le stagiaire sous-payé qui « agrège » des informations sur un site Internet et le reporter de terrain ?

L'enquête sera classée

L'enquête est sûrement le travail journalistique le plus essentiel et le plus menacé. « Enquête » ne s'entend pas ici au sens policier ou judiciaire : ce n'est pas la fonction du journaliste qui, de toute façon, n'a ni les moyens de la police, ni l'accès à tous les renseignements dont peut disposer un juge d'instruction. S'il lui arrive d'avoir connaissance de ce type de documents, c'est qu'on les lui a donnés, rarement de façon désintéressée.

En revanche, le journaliste enquêteur se rend sur les lieux des événements, parle avec le plus de gens possible, se constitue des « sources », recueille des documents et des témoignages et essaye de comprendre le contexte de ce dont il veut rendre compte. Les sources, on l'a dit, étant souvent intéressées, le talent du journaliste consiste à ne pas se faire manipuler. Il doit certes instaurer de la confiance avec ses interlocuteurs, mais sans jamais tomber dans la complicité ou la connivence. Il doit trouver la « bonne distance ». Il doit aussi avoir, ou acquérir, un minimum de compétences dans les domaines qu'il traite, pour comprendre et faire comprendre.

Le « rubricard », celui qui s'est spécialisé dans un domaine particulier, est un rouage essentiel d'une bonne rédaction. C'est le nombre de bons rubricards, parfois capables de parler d'égal à égal avec les spécialistes de leur domaine, qui a fait la qualité des meilleurs journaux. C'est le rubricard, par sa maîtrise des dossiers, sa capacité à débusquer les vérités cachées, qui crée la plus-value du bon journalisme. Mais aujourd'hui, alors que triomphent une logique comptable et un marketing privilégiant le spectaculaire au détriment du sérieux, le rubricard devient une espèce mal aimée et en voie de disparition. On lui préfère le généraliste touche-à-tout, celui que l'on envoie sur plusieurs « histoires » à la fois, dans la même journée, et qui n'a le temps de rien approfondir. Celui-ci coûte généralement moins cher et, faute de vraie compétence, ne discute pas les choix de ses supérieurs hiérarchiques.

Le travail du journaliste enquêteur peut s'assimiler à celui d'un sociologue de l'immédiat, dont la priorité est de donner à voir et à comprendre et de poser les bonnes questions ; pas de porter un jugement, ce travail revenant, éventuellement, aux éditorialistes ou aux commentateurs. Encore faut-il beaucoup de prudence dans cet exercice, tant on a vu, ces dernières années, de mises en cause expéditives de personnes qui furent ensuite lavées de tout soupçon. Trop souvent, les médias ont ressemblé au pilori; trop souvent ont été prononcées des sentences médiatiques injustes et cruelles. Le tribunal des médias n'a pas de légitimité élective, et, encore une fois, le journaliste n'est pas un juge.

Si cette confusion des genres a beaucoup nui à l'image du journalisme, il est une autre question qui soulève des problèmes déontologiques mal résolus : l'information peut-elle être volée ou, plus largement, avoir été obtenue par des moyens illégaux ? Certains — c'est en particulier le cas de la presse populaire britannique — n'hésitent pas à l'acheter. Le débat anime depuis longtemps les milieux professionnels. Dans les années 1960, le journaliste Philippe Simonnot fut licencié du journal *Le Monde* pour s'être procuré « illégalement » un document révélant un scandale. Avait-il eu tort dans la méthode ou avait-il servi la cause de la vérité ? La réponse officielle est que — sauf dans des régimes qui ne permettent pas l'exercice libre du journalisme — ces méthodes ne devraient pas avoir cours, de même que le journaliste est censé, dans la déontologie de sa profession, exercer son métier à visage découvert, en ne dissimulant ni son identité ni sa fonction. Mais que dire du ou de la journaliste qui se fait embaucher sans révéler son statut, pour vérifier les conditions de travail sur un chantier où l'on suspecte une exploitation des salariés ou qui devient aide-soignante pour filmer en caméra cachée les maltraitances à l'intérieur d'une maison de retraite ? Que dire, surtout, des dizaines de pièces d'instruction qui se retrouvent, en toute illégalité, sur les bureaux des rédactions et souvent à la « une » des journaux ? Comme pour la plupart des aspects de cet étrange métier resté longtemps sans école, c'est généralement affaire de jugement personnel, de conscience.

Ces questions font depuis toujours l'objet de débats sans cesse recommencés. Les journalistes ont été accusés soit de légèreté, soit d'abuser de leur pouvoir ; en général des deux à la fois. Ces dernières années, le journalisme, au même titre que la plupart des pouvoirs au sein de la société (pouvoir politique, Église, école, etc.), a suscité la suspicion publique et une forme de rejet. Sa légitimité a été discutée, souvent à juste titre[1], mais c'est désormais son existence même qui fait problème. Ce qui est en cause, c'est la possibilité de continuer de produire et de diffuser une information de qualité, plus encore que l'avenir des journaux imprimés. La raréfaction des moyens financiers des organes d'information conduit à la suppression des postes d'enquêteurs, mais aussi de vérificateurs et de correcteurs, à la fermeture des bureaux de

---

1. Voir le chapitre VII.

correspondants à l'étranger, à la réduction de la pagination, au raccourcissement des articles, des reportages et des enquêtes.

Les discours pathétiques sur le caractère irremplaçable de la chose imprimée, ou sur sa supériorité, dissimulent l'essentiel. Théoriquement, un site Internet n'a rien à envier aux journaux. Il peut, en principe, offrir plus d'informations et permettre d'accéder à des images, des vidéos, des commentaires et des débats, ouvrir sur d'autres liens pour élargir la perspective, fournir du contexte. Il peut accueillir les commentaires et, parfois, d'utiles compléments ou précisions de la part des lecteurs. Il peut bien sûr également être plus riche en informations que n'importe quelle chaîne de télévision ou de radio traditionnelle. Encore faut-il qu'il en ait les moyens.

Ce qui risque de nous manquer, ce qui nous manque peut-être déjà, ce n'est pas *Le Monde* ou *Le Figaro*, mais la possibilité de financer, quel que soit le mode de diffusion, le travail du journaliste, en particulier les enquêtes longues et coûteuses.

Le triomphe du marketing

L'irruption du marketing dans le choix et la production d'informations n'est pas un phénomène totalement nouveau. Depuis longtemps, il a contribué à entretenir l'image d'une « presse vendue », à tout le moins soumise aux pressions des annonceurs et de l'argent. Les publi-reportages, ces textes qui entretiennent la confusion entre journalisme et publicité, sont vieux comme la presse, quand il ne s'agit pas purement et simplement d'articles de commande ou de communiqués de presse à peine réécrits. Les enquêtes « vu-lu » (sondages auprès des lecteurs pour savoir ce qu'ils ont vu et/ou lu), la sélection des couvertures « qui font vendre » (c'est ainsi que l'on choisira une photo de l'épouse du Président pour faire sa « une » en pleine débâcle financière), les éditions régionales multipliées à l'infini, les spéciaux « immobilier », les études sur le profil des lecteurs, les « groupes test » et autres techniques de marketing sont depuis longtemps banalisés.

La presse économique, en particulier, est l'objet de pressions constantes, puisque les enjeux y sont plus lourds qu'ailleurs. Souvent exercé avec rigueur par des professionnels mieux formés que la moyenne, le métier de journaliste économique est devenu très difficile à exercer, notamment en France, où sévit un système extrêmement malsain qui empêche pratiquement les journalistes d'avoir un accès direct aux patrons et à leurs proches collaborateurs, du moins au sein des grands groupes. Quelques rares officines de relations publiques — deux en réalité : Image 7, d'Anne Méaux, et DGM, de

Michel Calzaroni — se sont imposées comme des intermédiaires obligés. Représentant presque tous les patrons du CAC 40, ce sont elles qui décident si tel journaliste peut rencontrer la direction ou les cadres supérieurs des entreprises qu'elles « cornaquent » ou qui choisissent de faire inviter ou d'exclure d'un voyage de presse tel ou tel autre. Dans ces conditions, il est téméraire d'oser leur déplaire.

Le passage de la forme journal à la diffusion en ligne induit des effets pervers nouveaux. Il ne suffit plus de séduire des lecteurs, il faut aussi livrer des produits attrayants pour la publicité. La diffusion en ligne impose de nouvelles contraintes. Traditionnellement, un journal ou un magazine sur papier constitue un tout, un « paquet » englobant un ensemble d'articles qui couvrent une large gamme de sujets (politique, société, économie, culture, sports, etc.). Les annonceurs peuvent y choisir une rubrique pour afficher leurs publicités, mais les lecteurs achètent la totalité du journal. C'est donc l'ensemble du « paquet » qui doit être séduisant et qui est vendu aux lecteurs et aux annonceurs. Il faut tout prendre ou tout laisser, les faits divers sensationnels comme les enquêtes les plus austères, l'actualité économique comme le temps qu'il va faire. Un journal ne se vend pas au détail, par morceaux choisis.

Avec la diffusion numérique, tout change. Les lecteurs ne feuillettent plus un ensemble qui va de la première à la dernière page et où les encarts publicitaires sont distribués entre les articles : ils vont directement à l'histoire qui les intéresse, ignorant souvent sur quel site ou dans quel journal elle se trouve, puisque la majorité des connexions se fait *via* des moteurs de recherche ou des agrégateurs (Google News, Yahoo!, Digg, etc.). On parle de « délinéarisation ». Il n'y a plus de notion de « une » ou de « DH » (dernière heure, naguère la dernière page des quotidiens), ni de déroulé du journal, avec sa hiérarchie et ses rythmes. Ce n'est plus d'un journal pris dans sa globalité dont l'éditeur se préoccupe, mais de chacun de ses morceaux, conçus comme des objets autonomes. Il ne vend plus « un » support aux annonceurs, mais chacun des articles pris séparément, qui vit suivant ses propres mérites et dont la valeur réside dans sa capacité à attirer du public, et donc des annonceurs.

De leur côté, les annonceurs ciblent leurs messages. Ils ne les publient pas dans un « paquet » ni ne les placent dans un titre, mais, grâce aux algorithmes de Google AdWords ou Yahoo! Search Marketing, ils choisissent avec quel article leurs annonces apparaissent et même avec quel type de lecteur. Ils payent aux résultats enregistrés. Nicholas Carr, ancien rédacteur en chef de la *Harvard Business Review*, explique qu'une société de produits pharmaceutiques « est disposée à payer cher chaque clic obtenu à côté d'une page consacrée à un nouveau médicament, car il est probable que ces lecteurs seront de futurs acheteurs ». Il ajoute : « Du point de vue de l'économie d'un site d'information, les meilleurs articles ne sont pas seulement ceux qui attirent beaucoup de lecteurs, mais ceux dont les sujets feront venir les publicités les plus chères. Les meilleurs de tous sont ceux qui attirent des lecteurs qui cliquent sur les publicités les plus chères [1]. »

Selon Carr, un article sur les maladies de la dépression sera considéré comme excellent puisqu'il attirera des publicités bien payées par les fabricants d'antidépresseurs, alors qu'un autre traitant de la malaria en Afrique, même s'il intéresse de nombreux lecteurs, risque de beaucoup moins rapporter à l'éditeur, faute d'annonceurs. Le constat est le même pour nombre d'articles consacrés aux problèmes internationaux ou à des sujets un tant soit peu complexes : ils n'attirent pas l'argent de la publicité et, en plus, ils reviennent souvent cher à produire.

Dans un journal sur papier, les articles qui coûtent cher, s'ils sont bons, demeurent profitables à l'entreprise en termes d'image. La qualité de la couverture des événements internationaux offerte par *Le Monde* est une des raisons de son succès, même si peu de lecteurs s'intéressent aux événements de Bolivie ou du

---

1. Nicholas Carr, Britannica Blog, 7 avril 2008.

Tadjikistan. En ligne, les coûts engendrés par cette production deviennent plus difficiles à justifier. Martin Nisenholtz, un des responsables du site Web du *New York Times*, s'exprimant en 2006 devant l'association des éditeurs en ligne, a bien résumé ce dilemme : « Comment créer du contenu de haute qualité dans un monde où les annonceurs veulent payer au clic et les consommateurs ne veulent rien payer du tout[1]? » Sans illusion, Nicholas Carr répond : « C'est impossible ! »

Plus sombre encore, David Simon s'est demandé dans le *Washington Post* « si l'information avait encore de l'importance pour quelqu'un[2] ». Formé dans les écoles de journalisme à l'époque où la presse semblait triompher en couvrant la fin des guerres coloniales, Algérie ou Vietnam, où elle révélait les « papiers du Pentagone » ou les dessous du conflit en Asie du Sud-Est et s'illustrait à travers l'affaire du Watergate, Simon s'interroge : « Ce que je ne comprends plus, c'est si l'information elle-même a encore une valeur. Sous n'importe quel format, n'importe quelle forme de diffusion, est-ce que la compréhension des événements au jour le jour est encore quelque chose que l'on peut vendre ? Ou est-ce que nous nous sommes

---

1. Cité dans *ibid*.
2. David Simon, « Does the News Matter to Anyone Anymore ? », *The Washington Post*, 20 janvier 2008.

abusés nous-mêmes ? Est-ce qu'un journal n'était viable qu'aussi longtemps qu'il publiait des petites annonces, des bandes dessinées et les derniers résultats sportifs ? »

Que reste-t-il de l'information dans les blogs ?

Le monde de l'information au temps d'Internet est paradoxal. Il nous donne le sentiment d'être submergés de *news* déversées à jet continu, de vivre dans un temps mondial où nous savons « en direct » ce qui se passe à l'autre bout de la planète ; et pourtant, si l'on compare cette situation à celle qui caractérisait les années 1960, on sent bien que, finalement, nous n'en savons guère plus, et peut-être moins, sur le monde. Et surtout, que nous avons de plus en plus de mal à comprendre ce qui s'y passe.

Bien sûr, tous les soirs, au journal télévisé, nous voyons défiler des miliciens armés de kalachnikovs, des réfugiés hagards, de toutes les couleurs et de toutes les nationalités, des criminels, des mafieux et des terroristes. Ils sont dans notre salon, mais la moindre enquête effectuée après le visionnage d'un JT révèle qu'il ne reste dans les mémoires qu'une salade d'images dont les spectateurs ont bien du mal à restituer le sens. Avec Internet, où ces images se déversent presque par hasard, la confusion est accrue. Notre connaissance du monde est équivalente à celle des caravanes de touristes qui parcourent la planète pour en rapporter des clichés identiques et flous. Toute la France s'est émue du sort d'Ingrid Betancourt, mais qui pourrait expliquer ce qui se passe réellement en Colombie ? Qui a compris pourquoi la malheureuse otage n'est guère populaire dans son pays ?

Il suffit de feuilleter *Le Monde* des années 1960 et celui d'aujourd'hui pour réaliser que des zones entières de la planète où le journal avait jadis un correspondant permanent sont presque ignorées et que, comme à la télévision, une information y chasse l'autre sans laisser beaucoup de traces. La disparition du « Bulletin de l'étranger » de la « une », aux débuts du mouvement de mondialisation de la planète, a illustré ce paradoxe. Encore s'agit-il là du quotidien français qui consacre toujours le plus d'espace à l'actualité internationale.

La responsabilité de cette évolution ne doit pas être imputée à Internet, ni même à la télévision. Elle s'inscrit dans un mouvement profond de nos sociétés, que les nouvelles technologies amplifient et accélèrent. On peut même dire que, s'appuyant sur ces tendances profondes qu'elles n'ont pas inventées, les nouvelles technologies façonnent une autre manière d'être au monde, un autre rapport à la connaissance et à la culture.

Les commentaires sont gratuits

« *Short on facts, long on comments* » : peu de faits et beaucoup de commentaires. Cette vieille expression du journalisme britannique, souvent servie comme critique du journalisme à la française, décrit bien ce qui se passe sur Internet en matière d'information. En ligne, le commentaire triomphe. Le blog de l'Américaine Arianna Huffington, aujourd'hui le plus célèbre et le plus rentable des sites d'information sur Internet, l'illustre à merveille.

Lancé en mai 2005 par cette riche divorcée d'un sénateur républicain milliardaire du pétrole, mondaine et avide de célébrité, le Huffington Post a réussi à devenir le plus grand salon où l'on cause — essentiellement de la politique américaine —, le blog où il faut se faire lire. C'est la vitrine des *public intellectuals* — nous dirions « intellectuels médiatiques » —, la plupart « progressistes » et proches des démocrates. Arianna Huffington s'est d'abord servie de son exceptionnel carnet d'adresses pour attirer quelques célébrités sur son blog. Le succès venant, ce sont les contributeurs eux-mêmes qui ont commencé à se bousculer sur le HuffPo, comme on dit désormais, où l'on en compte plusieurs centaines plus ou moins réguliers.

On y retrouve des politiciens, comme John Kerry, de nombreux journalistes et intellectuels, comme Walter Cronkite, Christopher Hitchens ou Richard Dawkins, des comédiens et autres vedettes, comme Alec Baldwin, George Clooney ou Mia Farrow. C'est un peu comme si un site français accueillait régulièrement les textes de tout ce qui s'exprime dans les journaux et les médias audiovisuels, de Jack Lang à François Bayrou, de PPDA à Michel Drucker, de Bernard-Henry Lévy à Michel Serres, en passant par Michel Piccoli, Jeanne Balibar et Emmanuelle Béart.

L'économie de l'attention

Véritable plaque tournante, le HuffPo offre des liens vers des dizaines d'autres sites où les visiteurs peuvent aller, s'ils le souhaitent, chercher des informations. Arianna leur propose essentiellement des commentaires, mais son innovation majeure tient au fait que, contrairement à ce qui se passe dans les médias traditionnels, elle ne paye pas ses contributeurs. Tous écrivent gratuitement pour ses beaux yeux... et pour la notoriété. Elle a su appliquer les principes de l'économie d'Internet avec efficacité.

Comme l'avait relevé dès 1997 *Wired*, le magazine phare des nouvelles technologies, dans un univers caractérisé par la surabondance — ici le trop-plein de *news* et surtout de commentaires —, c'est la capacité à retenir l'attention du consommateur lecteur qui a désormais le plus grand prix. « Là où l'information est effectivement infinie, écrit Andrew Keen, les gens intelligents vont être engagés dans un combat darwinien pour se faire entendre au-dessus de la cacophonie digitale [1]. » C'est ce qu'a su saisir mieux que d'autres Arianna Huffington : écrire gratuitement chez elle, c'est s'assurer une visibilité qui permet ensuite de se « monétiser », autrement dit de gagner de l'argent, en donnant des conférences, en participant à des émissions, en publiant des livres ou en écrivant des rapports.

C'est le modèle des groupes musicaux qui se laissent pirater massivement sur la Toile [2] pour assurer leur célébrité et vendre très cher leurs places de concert. « Payer les contributeurs ne fait pas partie de notre *business model*, explique Ken Lerer, un des responsables du HuffPo. Nous offrons de la visibilité, de la promotion et une distribution à large échelle [3]. » Ce blog serait en quelque sorte une nouvelle forme de presse, où ne demeureraient plus que les pages commentaires et opinions (les Op-Ed anglo-saxons).

Avec une cinquantaine de salariés, cinq millions et demi de visiteurs uniques et quatre-vingt-dix millions de pages vues par mois, le Huffington Post est devenu une entreprise

---

1. Andrew Keen, *Le Culte de l'amateur. Comment Internet tue notre culture*, Scali, 2008, p. 15.
2. Voir le chapitre VI.
3. Ken Lerer, « Arianna Huffington », *Prospect*, août 2008.

rentable. Au printemps de 2008, le *New York Times* estimait que le site, s'il était mis en vente, pourrait valoir jusqu'à 200 millions de dollars! Reste à savoir si tous les contributeurs bénévoles accepteront longtemps de ne pas être payés pour faire gagner de l'argent à Mme Huffington et, surtout, ce qu'il adviendra de ce genre de site le jour où les informations sur lesquelles s'élaborent tous ces commentaires se seront taries. En effet, ce sont toujours les médias « traditionnels » qui fournissent leur matière à ces florilèges d'opinions, tandis que l'argent que récolte Arianna est soustrait, pour une bonne part, des budgets publicitaires de ces « vieux » médias, qui ont, *ipso facto*, de moins en moins les moyens de faire leur métier.

Le modèle économique d'Internet est souvent fondé sur ce type de contributions gratuites qui assurent un trafic important sans rien coûter : on « monétise » les visiteurs, qui sont ceux-là mêmes qui créent le contenu du site. C'est ce que font la plupart des grands sites, à commencer par Google et Yahoo!, qui, certes, fournissent des services, mais surtout augmentent leur valeur grâce à la participation des millions d'internautes qui leur rendent visite[1]. On parle alors d'effet de réseau : avec l'accroissement du nombre de visiteurs, la valeur financière mais aussi son utilité pour les internautes ne

1. Voir le chapitre VI.

cessent d'augmenter. Plus on fait de recherches sur Google, plus sa capacité à faire de l'argent et à fournir des réponses pertinentes s'accroît. La technologie aidant, les habitudes des visiteurs consommateurs sont automatiquement répertoriées puis revendues aux publicitaires.

Le même principe préside aux sites de référencement tels que Digg, où les internautes enregistrent leurs préférences, les articles ou les vidéos qu'ils ont le plus appréciés : aucune intervention humaine extérieure n'est nécessaire. C'est tout aussi clairement le cas pour les sites dits « sociaux », Facebook ou YouTube, dont la valeur est uniquement fondée sur ce qu'y apportent leurs utilisateurs. Ainsi les fondateurs de YouTube ont-ils pu revendre pour 1,65 milliard de dollars ce site d'échange de vidéos (et leurs... seize salariés), dont la valeur n'est finalement fondée que sur la contribution des internautes qui y placent leurs vidéos — ou celles qu'ils ont piratées.

C'est aussi le modèle de Skyblog — devenu aujourd'hui Skyrock, il compterait, avec quatorze versions, plus de vingt millions de visiteurs et serait le septième réseau social au monde [1] —, qui ne fait pas appel aux blogueurs vedettes, à la différence d'Arianna Huffington, mais à une foule d'adolescents et de jeunes adultes qui tiennent leur journal public et assurent le trafic et les revenus publicitaires du site.

1. Chiffres Comscore, juin 2008.

Sur les dizaines de millions de blogs existants (le site spécialisé Technorati en recensait 133 millions à travers le monde en 2008), presque aucun n'est rentable, et surtout pas ceux qui se consacrent à l'information. Seuls les blogs spécialisés, en particulier dans la technologie, parviennent à gagner de l'argent. À terme, les blogs dits « de niche », consacrés à tel ou tel *hobby*, devraient pouvoir trouver des budgets publicitaires en liaison avec le sujet traité, remplaçant ainsi les magazines spécialisés (jardinage, automobile, pêche, chasse, collection de timbres, etc.). Les sites produisant de l'information, et non du commentaire, sont en revanche très loin d'avoir trouvé leur modèle économique… s'ils le trouvent jamais.

V

L'éclatement de la scène publique commune[1]

Le pouvoir des médias ?

La dénonciation du « pouvoir des médias », devenue un lieu commun, ne s'est pas éteinte. Elle conserve d'ailleurs encore de bons arguments. Les grands médias sont de nouveau soupçonnés de connivence avec les pouvoirs. Aux États-Unis, les journaux les plus respectés ont connu leur Pearl Harbor professionnel avec l'affaire irakienne, quand ils ont accepté sans le moindre regard critique les affirmations de la Maison-Blanche sur les « armes de destruction massive » de Saddam Hussein. Au moins, contrairement à ce qui se passe dans d'autres pays, ont-ils fini par faire leur autocritique dans la douleur.

---

1. Ce chapitre reprend une partie des idées exposées dans Denis Pingaud et Bernard Poulet, « Du pouvoir des médias à l'éclatement de la scène publique », *Le Débat*, n° 138, janvier-février 2006.

Dans son travail de 1994[1], Jacques Rigaud pouvait dénoncer à juste titre, comme beaucoup d'autres le feront à sa suite, l'abus de pouvoir des médias, leur mise sous tutelle des politiques, l'insoluble conflit du temps médiatique et du temps politique, la dictature des petites phrases et l'impossibilité, finalement, de faire sérieusement de la politique sous l'injonction médiatique de répondre dans l'instant, même aux questions qui n'ont pas encore été posées.

Le « quatrième pouvoir », supposé exercer un contre-pouvoir, avait outrepassé son rôle. Il était devenu, au fil du temps, le juge suprême du politique, formulant la sanction et exerçant l'application de la peine. Depuis plus de vingt ans, la montée en puissance des médias, et singulièrement celle de la télévision, semblait inexorable, au point de modifier l'écosystème de la démocratie. C'est ce que nous disaient une certaine « médiologie » et les médias eux-mêmes, fascinés par leur propre influence. C'est ce que répètent encore beaucoup d'hommes politiques pour mieux justifier leur impuissance ou leur lâcheté. C'est ce que dénonce une critique de gauche radicale, prompte à tirer un trait d'égalité entre force de frappe médiatique et domination idéologique.

Pour autant, la thèse du « pouvoir des médias », des médias devenus le « premier pou-

---

[1]. Note de la Fondation Saint-Simon, *op. cit.*

voir », est-elle vraiment soutenable ? Ou plutôt, n'est-elle pas déjà obsolète ? On le sent bien, l'attitude du public à l'égard des médias est en train de changer. Au-delà des couplets antimédiatiques de rigueur, on croit de moins en moins à cette « puissance des médias », en tout cas pour ce qui concerne l'influence, jadis stratégique, des grands quotidiens et des hebdomadaires.

Au cours de l'histoire, les rapports entre médias et société n'ont cessé de se modifier. Les évolutions de la société (individualisme, consumérisme, délitement du lien social, mondialisation, etc.) et les transformations de la démocratie (rôle de l'État, affaiblissement du politique et des politiques, crise de la représentation, effacement des partis, etc.) ne restent pas sans effet sur la place et le rôle des organes d'information. L'analyse des médias a trop souvent tendance à ne s'intéresser qu'à leur mécanique interne de développement, indépendamment de leur environnement. Au fond, elle présuppose le pouvoir des médias, se contentant d'en rechercher la nature et les effets.

Quand les médias faisaient la politique

Si l'on a pu parler d'un âge d'or de la presse en France avant la guerre de 1914-1918, les médias modernes ne prirent vraiment leur essor qu'après la Grande Guerre. L'entre-deux-guerres vit le triomphe des médias de masse et de propagande, politisés et souvent violents, parfois corrompus, dont le pouvoir de nuisance était certain. Beaucoup furent au service des idéologies totalitaires et devinrent des instruments de conquête et d'exercice du pouvoir.

Paradoxalement, au sortir de la Seconde Guerre mondiale, la consolidation d'une presse d'opinion, souvent liée à un parti politique, et l'émergence de la télévision, encore sous influence gouvernementale, ouvrirent une séquence au cours de laquelle la politique paraissait plus que jamais avoir assujetti les médias. Ce ne fut qu'à la fin des années 1960, quand la presse « de référence » prit le pas sur la presse partidaire, et au cours des années 1970, quand la télévision qui s'était installée dans tous les foyers coupa une partie des liens avec le gouvernement, que sonna l'heure d'une certaine émancipation à l'égard des politiques. Il faut cependant souligner — même si cela relève de l'évidence — que la presse de parti disparut non par la volonté des journalistes, mais du fait de l'affaiblissement des partis politiques eux-mêmes et de l'épuisement progressif du militantisme de masse.

Le pouvoir grandissant des médias sur la scène publique se manifesta dès lors de deux manières : d'une part, la puissance de la télévision comme vecteur de l'information et du débat démocratique allait modeler durablement le mode de production de la politique, la figure de l'orateur et du visionnaire faisant progressivement place à celle de l'acteur et du pragmatique; d'autre part, le mythe du journalisme d'investigation, libre de tout pouvoir (et de toute limite?), allait structurer profondément l'ensemble des médias. Déjà fragilisée par l'individualisation de la société, la politique devint une cible privilégiée de l'idéologie de la transparence.

*Puissance de la télévision,
désacralisation du politique*

Le quatrième pouvoir pouvait commencer de rêver d'être le premier, quand la télévision, dans un modèle non encore affaibli par la multiplication de l'offre de chaînes et la fragmentation généralisée de l'audience, fabriquait les unités de lieu, de temps et d'intrigue pour le rapport des politiques à leurs électeurs. Le petit écran ne se contentait pas d'offrir aux politiques qui exerçaient le pouvoir ou aspiraient à le conquérir un contact puissant et immédiat avec le peuple : il les obligeait à modifier leur agenda, à transformer leur langage et à soigner leur apparence.

Entre la fin des années 1950 et le début des années 1990, le débat démocratique, dans les pays développés, s'organisait en fonction des impératifs télévisuels. Il ne s'agissait pas seulement de l'usage émotionnel des journaux télévisés du soir pour accueillir en direct des otages ou de la déclaration compassionnelle du responsable politique après une catastrophe, mais de la prédominance totale du petit écran comme tribune de l'expression politique : seul espace, finalement, où la parole politique fût encore audible. Que valait, dans ce contexte, pour un chef de gouvernement, le discours d'investiture devant la représentation nationale par rapport à sa première « prestation » dans l'émission politique phare du moment ?

Si le petit écran scandait le tempo du politique, il orientait aussi son langage. Au-delà de l'usage démagogique de telle ou telle expression populaire — les préaux d'école y étaient également propices —, la télévision appelait la simplification à outrance d'un discours nécessairement complexe. Le propos se limitait à un message, l'exposition à une conclusion et la rhétorique à une formule. Les *spin doctors*[1] firent commerce du talent à réduire la pensée politique à quelques « petites phrases », dont la répétition contribuait à la désacralisation des politiques.

Mais ce n'est pas tout. Le style devait être de plus en plus conforme à la fonction principale

1. *Spin* signifie « maintien d'une toupie en rotation » et désigne généralement le « battage » médiatique et, par extension, le conseil ou la communication politique.

d'*entertainment* du média télévisuel : gare aux « tunnels » et à tout ce qui pouvait ennuyer le citoyen zappeur. Le système exerçait sa perversité en plaçant l'élu ou le responsable sur le même plan que l'acteur ou le témoin. À force de confusion des rôles, on en vint vite à cette question, réservée en principe à la promotion des faiseurs de spectacles, mais posée implicitement à tout politique croyant faire de l'audience dans une émission *people* : quelle est votre actualité ? Comme si celui-ci n'avait pour fonction que de mettre en scène et de « vendre » une expression publique et plus encore une personnalité dont les sourires ou les attitudes remplaçaient les programmes. Le processus fut achevé quand, dans certains pays, la publicité politique et la publicité « négative » envahirent les écrans lors des consultations électorales.

Le pouvoir de la télévision était à ce point reconnu que l'on se prenait volontiers à son jeu et que la principale question qui surgissait à l'issue d'une émission politique était : « A-t-il été bon ? A-t-elle été bonne ? » On passait ainsi de la psychologisation de la politique — est-il sincère, honnête, convaincant ? — à sa « peopolisation ». Dès lors, il était tentant de considérer que les politiques n'étaient plus que des marionnettes — ce qu'ils devinrent d'ailleurs rapidement, *Les Guignols de l'info* ou autres — dans les grilles de programmes. Le petit écran ayant œuvré à la banalisation des politiques, les médias en général travaillèrent à leur délégitimation.

Triomphe dangereux de l'investigation

Parallèlement à cette prise de pouvoir par la télévision, à partir des années 1970, le chemin des médias en Europe rejoignit celui des États-Unis, dont on célébrait volontiers le journalisme « à l'anglo-saxonne », qui prétendait à l'objectivité, à la séparation entre les faits et les commentaires et à l'absence de parti pris — toutes affirmations qu'il serait bon de réévaluer aujourd'hui après le naufrage, déjà évoqué, du journalisme américain face à l'intervention militaire en Irak. Il est significatif de noter que ce fut le moment où *Libération* tenta — sans succès il est vrai — de devenir un « *Washington Post* à la française ».

Le mythe du journalisme d'investigation prit tout son essor à partir de l'affaire du Watergate, en 1974, quand la presse fit tomber, a-t-on cru, l'homme le plus puissant du monde, le président américain Richard Nixon. Bien des années plus tard, il fallut convenir que la révélation de ce scandale n'était pas le simple fait de deux journalistes courageux. Mais, sur le coup, cette version connut un tel triomphe que le journalisme d'investigation parut devenir le chien de garde de la politique. Forts de la victoire du

Watergate et de la multiplication des révélations, la presse et l'ensemble des « médias », ceux qui n'étaient jusque-là que le quatrième pouvoir, allaient peu à peu convaincre et se convaincre qu'ils étaient devenus le premier.

Pendant trente ans, les médias « indépendants » — notion dont l'autoproclamation ne garantit pas la réalité — allaient, à coups d'investigations et de révélations, traquer les abus de tous les autres pouvoirs, en particulier ceux des politiques, mélangeant les grandes affaires, comme le Watergate, avec les premières révélations scabreuses sur la vie privée des politiciens. Aux États-Unis, Gary Hart, candidat démocrate américain promis à la victoire, dut se retirer de la course présidentielle en 1988 après que la presse eut révélé sa liaison extraconjugale avec une dame aux mœurs légères.

En réalité, ces audaces nouvelles des médias découlaient plus de l'affaiblissement croissant des hommes politiques que d'un courage retrouvé des journalistes. Le pouvoir des politiques s'estompa et leur aura s'effaça, alors même que l'idéologie de la « transparence » les obligeait à s'adapter à cette scène publique qui leur échappait. C'était le moment où, en France, une nouvelle alliance justice-police-médias bouleversait les traditionnels rapports de force. Pour assurer leur indépendance, les juges, principalement les magistrats instructeurs, et, dans une moindre mesure, les policiers, violant délibérément le secret de l'instruction, fournissaient informations et dossiers aux journalistes d'investigation. Ceux-ci connurent leur heure de gloire, multipliant révélations et scoops que, sans les confidences intéressées de ces informateurs, ils auraient eu bien du mal à débusquer. Seuls l'éclatement et la crise des autres pouvoirs autorisaient ce nouveau pouvoir médiatique. Du fait de la désacralisation de la politique et de la trivialisation du débat, les politiques se retrouvèrent dans une position d'insigne vulnérabilité : c'était tous les jours « Guignol », le spectacle où chacun pouvait, sans risque, leur taper dessus.

Logiquement, dans un contexte où ils semblaient tout régenter, les médias devinrent à leur tour l'enjeu d'une lutte pour le pouvoir. Celle-ci se manifesta d'abord par une sorte de « lutte de castes » entre intellectuels et journalistes pour savoir qui exercerait les magistères d'autorité et d'arbitre de la morale. Sur ce terreau poussa et embellit cet étrange hybride que l'on baptisa l'« intellectuel médiatique ». Quand les journalistes, en France, se piquaient volontiers d'influencer l'opinion — avec de moins en moins de succès, cependant, comme le montra la campagne référendaire sur la Constitution européenne de 2006 —, les intellectuels, à l'instar d'un Bernard-Henri Lévy, se prenaient pour les nouveaux investigateurs de l'information.

Tout le monde en sortit perdant : les intellectuels médiatiques se démonétisèrent, et l'influence intellectuelle des journalistes s'évapora. Ce moment fut celui où la fonction, jadis essentielle, de l'éditorial se perdit. Aujourd'hui, la parole d'un Marc-Olivier Fogiel ou d'un Karl Zéro — que le grand public assimile à des journalistes alors qu'ils sont des animateurs — pèse autant, sinon plus, que celle de tous les éditorialistes ou analystes.

Les médias contre les politiques

La lutte entre les médias et les politiques ne cessa de s'amplifier au cours de ces années. Ce qui se produisit au Royaume-Uni à partir de la fin des années 1980 l'illustre à merveille : les médias, aidés par le ras-le-bol des Britanniques, avaient fini par « avoir la peau » de Margaret Thatcher. Ils s'acharnèrent alors sur son pâle successeur, le *leader* conservateur John Major, en même temps qu'ils passèrent à la moulinette chacun des chefs de l'opposition travailliste, en particulier l'excellent Neil Kinnock, qui fut lapidé par une presse particulièrement virulente.

Dès qu'un homme politique prenait son envol, il devenait la cible de la presse. « Les politiques avaient dominé les médias jusqu'aux années 1960; depuis, ils ont été littéralement sur la défensive, cédant constamment du terrain aux médias », écrit le journaliste britannique

John Lloyd dans un livre significativement intitulé *What the Media Do to our Politics* [1] (« Ce que les médias font à notre politique »).

En réaction, Tony Blair bâtit, pour se défendre, une formidable machine de communication avec l'aide de ses fameux *spin doctors*, conseillers en manipulation, nouveaux légistes du souverain démocratique. Pour se protéger, Blair manipula les médias. Il y excella au point d'en faire un instrument essentiel de son mode de gouvernement et, peut-être, d'en faire trop. Dans nos démocraties transparentes, les peuples ont appris à « décrypter » les manipulations médiatiques, et la meilleure communication politique du monde, quand bien même elle paraît efficace, finit toujours par se retourner contre ses auteurs. Elle devient alors la « preuve » de l'absence de sincérité des hommes politiques et finit par décrédibiliser leurs meilleures intentions, leurs choix les plus sincères. À la suite de l'engagement des Britanniques aux côtés des Américains en Irak et la crise que cela déclencha pour le gouvernement Blair, les médias anglais prirent leur revanche, après des années d'humiliation, sonnant l'hallali d'un Premier ministre affaibli.

*

[1]. John Lloyd, *What the Media Do to our Politics*, Londres, Constable & Robinson, 2004.

La période où les médias occupaient le devant de la scène peut être considérée comme leurs « Trente Glorieuses ». C'était l'époque où l'on encensait les magazines d'enquêtes à la télévision, copiés sur le modèle du *Sixty Minutes* américain, celle où les journalistes d'investigation prenaient le pouvoir dans la presse écrite et où les éditorialistes, distributeurs des bons et des mauvais points de la morale, étaient considérés par Régis Debray comme une « nouvelle cléricature [1] ». C'était aussi celle où de vénérables institutions telles que le *New York Times* et, plus encore, *Le Monde* ambitionnaient de dire non seulement quelles étaient les bonnes politiques mais, surtout, qui avait la légitimité, le droit moral de gouverner.

Cet apogée du pouvoir des médias correspondait à un moment particulier de l'histoire des sociétés occidentales. Il provenait certes de facteurs techniques et endogènes à l'univers médiatique, comme l'omniprésence de la télévision et l'émancipation de la presse, mais aussi de facteurs exogènes, comme l'affaissement général de tous les autres pouvoirs et de toutes les institutions pouvant prétendre à organiser des valeurs pour la société (l'État, les Églises, les partis politiques, la famille et, plus encore, les idéologies). Les grandes menaces de la guerre froide

---

1. Régis Debray, *L'Emprise*, Gallimard, coll. « Le Débat », 2000.

disparues, la société se pacifiait au rythme du développement du bienfaisant commerce, et chacun pouvait proclamer le triomphe de la société civile et des droits de l'individu, quand ce n'était pas la fin de l'histoire.

C'est alors que la presse et la plupart des médias se sentirent et se proclamèrent vraiment indépendants. Mais qu'en était-il au juste ? Cette notion d'indépendance était fort ambiguë. Le plus souvent, elle signifiait la liberté qu'avaient les journalistes, ou plus précisément les directeurs des rédactions, d'exprimer leurs opinions et leurs choix. Cette indépendance voulait s'opposer à l'ancienne soumission aux propriétaires et aux gouvernements ; elle autorisait un nouveau pouvoir journalistique, mais celui-ci s'éloignait à son tour des aspirations des lecteurs et du public en général. C'est ce décalage entre l'élite journalistique et le public qui explique, pour une bonne part, la crise des quotidiens et la désaffection croissante du lectorat en France, alors qu'en Grande-Bretagne, où ce fossé est moins profond, les journaux résistent mieux, notamment grâce à cette presse que l'on ne qualifie pas sans raison de « populaire ».

La fin des « Trente Glorieuses » des médias ?

Ce moment particulier de toute-puissance des médias s'est refermé. Aujourd'hui, le prétendu premier pouvoir est mal en point. Les médias demeurent un rouage du théâtre de la politique, mais on sent bien qu'ils façonnent de moins en moins les opinions. L'audience des journaux s'étiole. Et, à force d'en comprendre les mécanismes et les ressorts, l'opinion « décrypte » parfaitement la relation entre télévision et politique. Désormais, les politiques n'usent du petit écran que pour faire valoir aux journaux télévisés du soir, presque sous la forme de spot publicitaire, le message principal de leur action. Les débats télévisés, de moins en moins nombreux, souffrent de déficit d'audience et ressemblent plus à des *talk-shows* de divertissement, où le bon mot l'emporte sur l'argument, qu'à des tribunes où l'on vient chercher à convaincre.

Quant aux médias en général, ils sont à leur tour victimes de l'idéologie de la transparence qui avait été leur arme de conquête du pouvoir. Plusieurs crises déontologiques survenues au *New York Times*, le modèle de tous les quotidiens de qualité, ont entraîné les démissions de responsables éditoriaux, le départ de chroniqueurs et, à plusieurs reprises, des excuses du journal auprès de ses lecteurs. Même l'émission phare du journalisme d'investigation, *Sixty Minutes*, sur CBS, a été atteinte, et son présentateur vedette, l'influent Dan Rather, poussé vers la retraite pour avoir soutenu *mordicus* la véracité d'un reportage à charge, mais sans preuves, contre George W. Bush. Signe d'un changement d'époque, Dan Rather a démissionné sous la pression hargneuse de quelques blogs conservateurs qui avaient révélé son erreur. De même, la chaîne d'information en continu CNN, considérée comme proche des démocrates, est désormais placée sous surveillance, constamment soupçonnée de manipuler l'information. En France, la démission, en novembre 2004, du directeur de la rédaction du *Monde*, Edwy Plenel, symbole français de l'investigation et architecte de la stratégie de conquête du pouvoir engagée par son journal, a également signifié qu'une page se tournait.

L'idéologie de la transparence — voire du soupçon —, qui avait été l'une des armes de destruction massive des médias, s'est retournée contre eux. Ce constat est particulièrement vrai pour les organes d'information dits « de référence » (*New York Times*, CBS, *Le Monde*, etc.), parce que c'est l'existence et la crédibilité de ces médias « dominants » qui fondaient le pouvoir de l'ensemble de la corporation. Le temps n'est plus où la « une » du *Monde* faisait le sommaire des journaux télévisés du soir.

Des médias coupés du « peuple »

Cette perte de pouvoir s'accompagne d'une dérive quant au mode de production de l'information elle-même. Les grands médias sont moutonniers, couvrant en même temps les mêmes sujets, livrant ensemble les mêmes analyses. Et comme c'est essentiellement au travers des médias — et des sondages — que les politiques essayent de comprendre le pays, il y a de quoi s'inquiéter. Les médias fonctionnent de plus en plus à l'émotion et à l'instantanéité, et les politiques se condamnent à courir derrière eux.

L'agression supposée (en réalité imaginaire) d'une jeune femme dans le RER parisien, en juillet 2004, avait été un cas d'école de dérapage politico-médiatique. Réagissant dans une frénésie de rapidité dès les premières « informations » diffusées à la radio, le président de la République nous gratifia d'un couplet d'indignation sans attendre la moindre enquête. On a là un parfait exemple de dysfonctionnement en boucle qui associe médias et politiques : des policiers informent des journalistes ; ceux-ci, pour être les premiers, révèlent « l'information » sans vraiment la vérifier ; la révélation médiatique provoque les réactions politiques dans l'urgence. Dans la même logique, une radio a pu annoncer la mort d'une personnalité, une chaîne de télévision le répéter, et les politiques envoyer un communiqué de regrets, alors que le malheureux était encore vivant. Au bout du compte, médias et politiques en sortent un peu plus décrédibilisés.

Parce qu'ils étaient devenus un pouvoir, les médias subissent l'assaut qui est mené contre tous les pouvoirs. Le phénomène est amplifié, particulièrement en France, par leur déconnexion d'avec les sentiments populaires et même majoritaires. Raymond Barre, Édouard Balladur et, dans une moindre mesure, Lionel Jospin ont été ces chouchous des médias que les électeurs ont rejetés. Le référendum sur la Constitution européenne a manifesté à l'extrême la fracture médiatique. La plupart des organes d'information, presque tous les éditorialistes et tous les animateurs de radio et de télévision ont défendu le « oui », comme si l'on était à la veille d'un nouveau Munich. Pis, la plupart des médias se sont abstenus de ces reportages où l'on va voir ce que « les gens » pensent et dont on dit pourtant qu'ils sont l'essence du journalisme. Tout s'est passé comme si les sondages — nous en avons désormais plusieurs par jour — suffisaient pour photographier les problèmes, comme s'ils étaient le dernier moyen d'approcher la vie réelle.

Il est vrai que quelques rares tentatives de reportages lors de la campagne référendaire avaient fait apparaître un fort courant pour le « non » et que certaines rédactions « oui-ouistes » avaient préféré ne plus en faire — pour ne pas désespérer leur direction? Les réflexions du P-DG de Radio France, Jean-Paul Cluzel, à ses collaborateurs pendant la campagne sont à cet égard édifiantes : « Un reportage ne saurait être autre chose qu'une photographie sans image;

mieux vaut rester au bureau, lire un bon rapport, connaître un dossier, mener des investigations sur Internet que courir micro en main à La Courneuve [1]. » Citant en exemple France Info, il ajoutait : « Je n'ai entendu aucune critique sur cette disparition présumée du reportage. En tant qu'auditeur privilégié, je ne souffre pas d'un manque en tout cas. »

On touche là au débat sur le mode de production de l'information. À force d'« investiguer » contre les pouvoirs au lieu de tenter de rendre compte du réel, au lieu d'aller voir en faisant entendre les différents points de vue, les médias, et singulièrement la presse écrite, ont fini par déraper et, peut-être, par lasser. En contrepartie de cette démarche, ils ont privilégié l'émotion — la victime d'une agression, d'un accident ou d'un licenciement, qu'importe pourvu qu'il s'agisse d'une victime — et relégué la politique au même rang que le fait divers ou le spectacle.

Finalement, les médias ont participé activement, sinon consciemment, à la dévalorisation démocratique de la politique. Dogme de la transparence, chasses à l'homme, dictature de l'émotion, « peopolisation », institutionnalisation de la dérision (*Les Guignols*, mais aussi ces émissions de variétés où les politiques vont se faire malmener par quelques animateurs agres-

---

1. Cité par l'association Acrimed (Action critique des médias) sur son site *(www.acrimed.org)*, le 29 juin 2005.

sifs), célébration de la victime... tout cela n'a pas prouvé le « pouvoir des médias », mais a sûrement contribué à saper les bases de tout pouvoir. Y compris, au bout du compte, celui des médias.

Après l'investigation, quoi ?

Le « moment médiatique », celui du triomphe du journalisme dit « d'investigation », aura été d'assez courte durée, en particulier en France, pays où il prit son essor beaucoup plus tardivement que dans le monde anglo-saxon. Le temps pour les médias de se débarrasser des tutelles politiques (celle des partis comme celle des pouvoirs en place), le temps que soit démantelée l'ORTF, que les radios se multiplient en se proclamant « libres », que disparaisse la presse de partis, et les bouleversements du paysage des médias, sous l'effet des nouvelles technologies et des nouvelles habitudes des citoyens consommateurs, remettaient déjà tout en question.

Le phénomène majeur de la dernière période aura été le passage rapide de la rareté de l'offre, particulièrement en France, à une surabondance en permanente progression. Il faut se rappeler que les Français n'ont eu qu'une seule chaîne de télévision jusqu'en 1964 et qu'il a fallu attendre 1985 pour voir l'ouverture des télévisions au secteur privé. Mais, depuis quelques années, l'offre a explosé et les programmes audiovisuels disponibles se comptent par centaines. Les médias numériques bouleversent encore un peu plus le paysage, fragmentant le public et la diffusion de la publicité en même temps qu'ils provoquent une désynchronisation croissante de la consommation d'informations et de programmes, ce que les spécialistes appellent la « délinéarisation de la consommation des contenus ». Chacun peut désormais choisir de lire, écouter, regarder ce qu'il veut, où il le veut, quand il le veut.

Et ce processus qui change tout n'en est qu'à ses tout débuts. Radios d'information en continu, journaux gratuits, Google News, Yahoo!, MSN, le nombre des messages submerge un public qui finit par ne plus faire qu'un survol de cette offre surabondante. Dans les cours de formation pour les journalistes Internet, on précise bien que les premières lignes d'un texte sont essentielles, car il est rare que le lecteur aille au-delà. Comme pour la monnaie, trop de mauvaise information tue l'information.

Ce trop-plein pose aussi le problème de la fabrication et du traitement des informations qui circulent en abondance, mais également dans une infinie et monotone répétition. Un exemple : en mai 2008, Google a indexé en trois jours trois mille articles se rapportant uniquement à la rupture des négociations entre Microsoft et Yahoo!, sans compter les blogs qui ont largement commenté l'événement. L'essentiel de ces « articles » consistait en la reprise des mêmes informations données par les agences de presse.

L'avenir des médias

L'époque du « pouvoir des médias » se termine. Ce pouvoir a non seulement été décrédibilisé, il a aussi été volatilisé par l'excès et la banalité de l'offre. Il est difficile de prévoir ce qui suivra, mais on peut discerner quelques nouvelles tendances, notamment en ce qui concerne l'organisation industrielle et l'économie du secteur. Car on assiste depuis quelques années à une concentration accélérée et à la constitution de grands groupes multimédias au sein desquels la presse d'information n'occupe guère de place.

En France, les groupes de presse connaissent une évolution comparable avec une dimension supplémentaire : l'entrée en force d'industriels dont le journalisme n'est pas le métier et qui, souvent, ont des contrats avec la puissance publique. Le phénomène est déplaisant, source fréquente de conflits d'intérêts entre propriétaires et rédactions. La rédaction des *Échos* s'est opposée — en vain — au rachat du quotidien économique par Bernard Arnault, car il paraît difficile de parler en toute indépendance des affaires de l'un des hommes les plus riches du pays et qui est, par ailleurs, le plus gros annonceur de la presse. Avec le contrôle du *Figaro* par Serge Dassault, on se croirait revenu aux années 1960, le quotidien n'hésitant plus à afficher un sarkozysme militant. Mais la censure ou l'autocensure, graves et humiliantes dans un pays qui se croyait démocratiquement adulte, ne sont peut-être pas l'aspect le plus négatif de cette évolution.

Tout aussi dangereuse est la tendance qu'ont ces grands groupes, surtout dans les pays anglo-saxons, à considérer les médias comme une « industrie comme les autres », où les journalistes peuvent dire ou écrire ce qu'ils veulent à condition qu'à l'heure des bilans leur entreprise présente une forte rentabilité pour l'actionnaire. Le cas du *Los Angeles Times* (*LAT*) est exemplaire. Le groupe du *LAT* a été racheté en 2000 par Tribune Company, un groupe de Chicago habitué à dégager 30 % de bénéfices alors que le *LAT* se contentait de 20 %. Il lui a donc fallu réduire ses dépenses et ses équipes pour répondre aux exigences du nouveau propriétaire, avec le risque d'une baisse de qualité et, donc, de recul du lectorat. John Carroll, le rédacteur en chef du *LAT*, qui a fini par démissionner car il refusait d'effectuer de nouvelles coupes budgétaires, le dit sans détour : « Beaucoup de directeurs de rédaction sont dans une situation difficile : ils doivent obtenir des résultats financiers rapides, sinon ils sont virés. Mais les réductions de coûts finissent par produire un journalisme au rabais, avec moins de journalistes et moins de pages [1]. »

Depuis que le groupe Tribune a été revendu, au printemps de 2007, à un milliardaire spéculateur, Samuel Zell, le *Los Angeles Times* a connu de nouvelles vagues de suppressions de postes, notamment parmi les vérificateurs de l'information, jusqu'alors un élément essentiel de la qualité des journaux sérieux américains. Une nouvelle règle de 50-50 a été instituée pour tout le groupe (où l'on trouve encore le *Chicago Tribune*, le *Baltimore Sun* et l'*Orlando Sentinel*) : la pagination doit être consacrée pour moitié à la publicité. Cela a immédiatement entraîné la suppression de certaines rubriques, comme le supplément livres du *Chicago Tribune*, journal dont le format est devenu tabloïd. Samuel Zell s'est endetté pour racheter le groupe de presse, et il entendait se rembourser le plus vite possible. Faute d'y parvenir il s'est déclaré en faillite à la fin de 2008. Est-ce en réduisant l'offre et la qualité du produit, tout en augmentant le prix de vente, que les journaux pourront conquérir de nouveaux lecteurs ?

Industrialisation et financiarisation pèsent sur l'avenir des médias. Celui-ci est aussi bouleversé par les nombreuses innovations technolo-

---

[1]. Cité par Michael Massing, « The End of News ? », *The New York Review of Books*, 1ᵉʳ décembre 2005.

giques et l'approfondissement de tendances sociologiques et anthropologiques lourdes de nos sociétés démocratiques, à commencer par l'individualisme et le communautarisme. Les deux faisant système, la scène publique commune, qui a caractérisé l'époque des grands médias de masse, est en train d'éclater en morceaux.

Les nouvelles technologies de l'information — Internet, téléphones mobiles, SMS, BlackBerry, blogs, MP3, TNT, etc. —, qui permettent à l'individualisme consumériste de s'épanouir sous mille formes, contribuent à fabriquer un monde médiatique morcelé, celui « des solitudes interactives », évoqué par Dominique Wolton[1].

La multiplication des nouveaux canaux de diffusion s'accélère, et l'on voit poindre le moment où chaque « niche » de la société et, à la fin, chaque individu aura son propre média personnel. Le logiciel Findory peut fournir à chaque instant à chaque internaute les informations concernant les secteurs qui l'intéressent. Mieux, l'algorithme qui anime ce service corrige lui-même la programmation initiale de l'utilisateur s'il constate que l'internaute ne suit pas les préférences qu'il a d'abord indiquées. Ce genre de technologie n'est plus exceptionnel et commence à se généraliser. Un journal aussi sérieux

---

1. Dominique Wolton, *Il faut sauver la communication*, Flammarion, 2005.

que le *New York Times* propose déjà de ne fournir à l'abonné que l'information qu'il aura en quelque sorte présélectionnée.

C'est, disent Bruno Patino et Jean-François Fogel, l'équivalent d'« un journaliste qui se met au service d'une seule personne à la fois [1] ». Ce qui leur permet d'en conclure : « Internet n'est pas un support de plus ; c'est la fin du journalisme tel qu'il a vécu jusqu'ici [2]. » Déjà, à la fin des années 1980, Nicholas Negroponte, fondateur du mythique *Media Lab* du MIT (Massachusetts Institute of Technology), prédisait l'avènement du « *me*-journal », le journal « pour moi tout seul ».

Non seulement la lecture de la presse écrite ne cesse de se tasser, mais l'audience des radios généralistes a été divisée par deux en vingt ans et celle des grandes chaînes de télévision s'effrite. Surtout, les modes de consommation de l'information par les jeunes générations sont en train de se bouleverser. Les adolescents passent de plus en plus de temps devant leur écran d'ordinateur, dans des *chat-rooms*, des forums de type MSN ou sur des blogs, beaucoup moins devant TF1 ou France 2. Toutes les études montrent que les grandes chaînes de télévision sont les premières victimes de la redistribution des cartes médias parmi les 15-25 ans.

---

[1]. Bruno Patino et Jean-François Fogel, *Une presse sans Gutenberg*, Grasset, 2005, p. 62.
[2]. *Ibid.*, p. 16.

Les consommateurs d'informations (et de programmes audiovisuels) ont de plus en plus tendance à faire leur marché et à composer leur menu à la carte. Les hiérarchies, les choix imposés par les médias traditionnels sont remis en question, et avec eux « l'audience, cette écoute collective qui fonde la retransmission des événements et la présentation des nouvelles en direct ». Nicholas Negroponte avait annoncé, il y a plusieurs années : « La technologie suggère qu'à la possible exception du sport et des soirées d'élection la télévision et la radio du futur seront acheminées de façon asymétrique [1]. »

Pour les consommateurs citoyens, les nouvelles technologies agissent comme des accélérateurs de tendances profondes de nos démocraties, le « présentéisme », l'individualisme et le communautarisme en particulier. Les blogs l'illustrent bien. Un journaliste américain a parlé à leur propos d'« économie de l'ego », des journaux intimes offerts à tous, dans lesquels chacun peut intervenir. Ils sont une expression presque caricaturale du narcissisme contemporain : si la logique allait à son terme, chacun aurait son blog et ne parlerait plus qu'à lui-même.

Quand leurs auteurs ont du talent, certains blogs peuvent acquérir une véritable influence.

---

1. Nicholas Negroponte, *L'Homme numérique*, Robert Laffont, 1995, p. 211.

Aux États-Unis, ils forment de véritables groupes de pression électroniques capables, on l'a vu pour les blogs de droite, de faire tomber le journaliste vedette Dan Rather ou, pour les blogs de gauche, de forcer à la démission le sénateur républicain Trent Lott, pris en flagrant délit de propos racistes.

Avec les blogs et les innombrables nouvelles formes d'enregistrement électronique — autre caractéristique ultracontemporaine —, de moins en moins d'événements peuvent être tenus secrets. Des photos prises avec un téléphone portable et diffusées sur Internet ont fait éclater le scandale des sévices contre les prisonniers de la prison d'Abou Ghraib, en Irak. Des images « volées » ont montré l'algarade, au Salon de l'agriculture, entre Nicolas Sarkozy et un perturbateur. Chaque porteur d'un de ces objets nomades devient, pour le meilleur et pour le pire, un *Big Brother* qui place l'ensemble de la société sous surveillance. Comble de cette mise en spectacle, on a pu constater qu'un passager d'un avion qui se crashait avait eu le « réflexe » de filmer la chute. Nous approchons du stade suprême de la transparence, la réalisation numérique du panoptique universel.

« Les journalistes ont commencé à perdre leur monopole, ou oligopole, comme on veut, de l'expression publique avec l'apparition des blogs, une technologie qui offre à tous le pouvoir de se passer de la presse pour émettre comme pour recevoir », estiment Bruno Patino et Jean-François Fogel[1].

L'éclatement de la scène publique

Le blog est le terrain de jeu favori du narcissisme et de l'individualisme, mais il renforce aussi les sentiments communautaires, tout comme le font déjà de nombreux sites « classiques », puisque s'y retrouvent essentiellement des gens partageant une vision commune (politique, religion ou même *hobby*). Ce phénomène touche tous les médias.

Aux États-Unis, où s'écrit un peu de notre histoire future, on a pu constater, depuis les années 1980, la formidable montée en puissance des *talk-shows* militants, dont le plus célèbre reste celui de l'animateur radio Rush Limbaugh, virulent et souvent grossier ténor de la droite conservatrice, qui rassemble chaque semaine quatorze millions d'auditeurs. C'est depuis 1987, et l'abolition de la *Fairness Doctrine*, qui demandait une couverture équilibrée des sujets controversés, que les médias partisans — surtout ceux de la droite conservatrice et religieuse au départ — se sont libérés de tout souci d'objectivité. Le *New Yorker* a consacré un long

---

1. B. Patino et J.-F. Fogel, *Une presse sans Gutenberg*, *op. cit.*, p. 207.

article à Hugh Hewitt, autre talentueux animateur radio conservateur, qui revendique d'être *biased* (de parti pris) et reproche aux journalistes MSM (*Main-Stream Media*) « de cacher leurs opinions[1] ». Il diffuse aussi un programme hebdomadaire écouté par près d'un million de personnes, qui est relayé par un blog très actif, où il n'hésite pas à déclencher de violentes campagnes contre ceux qu'il n'aime pas. Le *New Yorker* concluait en estimant que « le journalisme d'opinion politique est en pleine expansion ».

Mus par des valeurs individualistes, ces programmes recréent pourtant des attitudes partisanes, sinon militantes (Fox News, la chaîne de télévision bushiste dont la part d'audience est passée de 17 à 25 % entre 2000 et 2007, ne cache pas son militantisme). Mais plus que de mobiliser les masses, ces médias qui touchent d'abord des convaincus ont pour fonction de conforter les auditeurs dans leurs convictions. Les publics se répartissent de plus en plus selon leurs opinions politiques, constate l'institut américain Pew Research Center. Si ces tendances se confirment, on devrait assister à une réorganisation considérable du monde médiatique.

Par ailleurs, face à la saturation provoquée par la multiplication infinie, et infiniment répé-

1. Nicholas Lemann, « Right Hook », *The New Yorker*, 29 août 2005.

titive, des sources d'information, augmente le risque d'une confusion croissante entre vérité et manipulation. De plus en plus de sites sur Internet ou de blogs fondent leur succès sur la méfiance à l'égard des médias « officiels », mais aussi sur des idéologies paranoïaques du complot et de la manipulation, à l'instar du « réseau Voltaire », site créé par Thierry Meyssan, l'homme qui soutient qu'aucun avion n'est tombé sur le Pentagone le 11 septembre 2001.

C'est toute la question du mode de production de l'information qui est posée. Le mythe de médias démocratiques produits et contrôlés par tous, qui ne seraient plus l'apanage de professionnels, trouve évidemment prétexte dans les usages nouveaux que permet la convergence des images, des voix et des données dans des outils de communication personnels.

L'information approfondie, mise en perspective et raisonnée risque d'être de plus en plus réservée à une « élite », pendant que l'essentiel de la population fera ou non son marché auprès de multiples médias plus ou moins sérieux, en fonction de ses centres d'intérêt et de conviction. Dès lors, la question du pouvoir des médias devra être posée autrement. Ils continueront d'influencer leurs fidèles, chacun à leur manière, mais la scène publique commune, dont ils sont l'une des dernières incarnations, risque alors d'avoir disparu.

VI

Une société en pleine mutation

Une autre façon de penser

Google rend-il stupide ? En faisant de plus en plus confiance aux ordinateurs pour essayer de comprendre le monde, notre intellect ne risque-t-il pas d'être « réduit à l'état d'intelligence artificielle » ? Ces questions, posées dans un article retentissant par l'un des bons analystes du monde d'Internet, le Britannique Nicholas Carr [1], reflètent une préoccupation générale, au moins chez les plus de vingt ans.

L'irruption des technologies numériques et des nouveaux moyens de communication a bouleversé une grande partie de nos comportements sociaux : manières de se parler, de se rencontrer, d'écouter, de lire, d'écrire, de consommer, de faire communauté. Les changements sont

---

1. Nicholas Carr, « Is Google Making us Stupid ? », *The Atlantic*, juillet-août 2008.

bien plus importants que ceux, non négligeables pourtant, qu'avait induits l'arrivée de la télévision dans les années 1950 (la retransmission en direct du couronnement de la reine d'Angleterre Elizabeth II, le 2 juin 1953, marque le début de la télévision grand public; en France, il faudra attendre les années 1960).

Carr avoue, avec un mélange d'ironie et d'inquiétude, que la pratique d'Internet a changé sa façon de penser : « J'ai la désagréable impression que quelqu'un, ou quelque chose, a bricolé mon cerveau, remodelé le circuit de mes neurones, reprogrammé ma mémoire. Je ne perds pas la tête — pour autant que je puisse m'en rendre compte —, mais elle change. Je ne pense plus comme j'avais l'habitude de le faire. » Il évoque un symptôme qui semble de plus en plus partagé : de grandes difficultés à se concentrer, en particulier quand il s'agit de lire plus de trois ou quatre pages d'affilée. Un autre célèbre blogueur, Scott Karp, confesse qu'il a tout simplement cessé de lire des livres, alors que, plus jeune, il était un gros lecteur : « La façon dont je pense a changé. »

Ces affirmations peuvent paraître grandiloquentes et excessives. Pourtant, une étude récente menée par des chercheurs de l'University College de Londres suggère que nous serions effectivement au milieu d'un processus de transformation de notre manière de lire et de penser. Leur constat, inquiétant, est le résultat de cinq années de recherches sur les comportements des internautes utilisant deux sites Internet — celui de la British Library et celui d'un organisme éducatif britannique — qui offrent l'accès à de nombreux journaux, des *e-books* et un grand nombre d'autres sources écrites. Les chercheurs ont relevé que la plupart des visiteurs de ces sites avaient tendance à « effleurer » les informations, passant rapidement de l'une à l'autre, ne revenant que très rarement en arrière et ne lisant qu'une ou deux pages avant de passer au document suivant. L'étude conclut : « Il est évident que les utilisateurs de ces sites ne lisent pas *on-line* comme on le fait classiquement. Ils lisent horizontalement, *via* les titres, les résumés, en cherchant à aller le plus vite possible. C'est comme s'ils venaient *on-line* pour éviter de lire comme on le fait traditionnellement [1]. »

Une autre façon de lire

Paradoxalement, la plupart des spécialistes affirment que l'on n'a jamais autant lu que depuis l'apparition d'Internet. Parcourant les pages du Web, leurs *e-mails*, SMS et autres messages et sites communautaires, les citoyens du monde moderne semblent passer leur temps

---

1. UCL, « Information Behaviour of the Researcher of the Future », 11 janvier 2008 (*www.bl.uk/news/pdf/googlegen.pdf*).

à lire. De même, ils n'ont jamais autant « communiqué ». Si ce n'est que les mots « lire » et « communiquer » ont changé de sens. Que veut dire communiquer quand la connexion est manifestement plus importante que le message?

La lecture sur le Web n'a plus rien à voir avec le parcours, parfois lent et pénible, effectué d'un bout à l'autre d'une œuvre imprimée sur papier. On ne lit pas, on « surfe », on glisse sur des pages où se mêlent du texte, des images, de plus en plus de vidéos, et surtout un nombre presque illimité de « liens », qui redirigent en permanence l'attention vers une autre page, un autre site. L'importance d'un site ne se mesure plus seulement au nombre de ses visiteurs ou de ses pages vues, mais à la quantité de liens qu'il fait fonctionner.

L'ensemble de la machine à informer, et à distraire, a dû se « reformater » pour répondre à ces nouveaux comportements. Pour les sites Internet d'information, mais aussi pour les journaux, il a fallu écrire plus court, privilégier les sommaires et les résumés, insérer des images (des vidéos sur Internet); le mouvement, la mobilité et la célérité doivent donner aux lecteurs pressés le sentiment qu'ils ont toujours accès à l'essentiel en quelques clics ou, dans le cas des journaux imprimés, sans même avoir à tourner les pages. Significativement, les sites Internet, y compris les sites d'information, ne comptabilisent pas les lecteurs, mais les visiteurs. Encore une fois, les mots ont un sens.

Pour tenir compte de cette nouvelle culture de l'impatience, les publicités sur Internet sont trois fois plus courtes qu'à la télévision. Les entreprises présentes sur la Toile n'ont d'ailleurs aucun intérêt à encourager une lecture soutenue et lente, car plus nous activons de liens, plus nous passons d'un site à l'autre, plus Google et les marques associées recueillent d'informations sur nous, et plus ils peuvent nous adresser de publicités « ciblées ».

Les films de fiction aussi s'en trouvent affectés. Les vidéos et les mini-séries — on n'ose pas dire les films — sur Internet ne doivent pas durer plus de quelques minutes. Des programmes spécifiques de trois minutes sont désormais produits pour ces spectateurs pressés. Devant leur succès croissant, la télévision a dû s'y mettre aussi : *Kaamelott* et *Caméra Café* sur M6, *Mademoiselle* sur France 2. « C'est court et ça correspond à la durée d'attention réduite des ados [1] », estime Yves Bigot, ancien directeur des programmes de la RTBF (Radio télévision belge de la communauté française) — où il s'illustra en produisant une fiction-réalité retentissante qui fit croire à l'éclatement de la Belgique — passé chez le producteur Endemol France.

Twitter (« gazouillis » en français), un site de

---

1. *Le Figaro*, 8 mars 2008.

messages rapides, rencontre un véritable engouement, surtout dans la population la plus jeune. Les messages qu'il permet d'échanger ne doivent pas dépasser cent quarante caractères. C'est l'univers des « téou ? » et des « tufékoi ? ». Le but n'est pas d'échanger des réflexions, pas même des sentiments, mais de maintenir en contact des groupes d'« amis », qui savent ainsi en permanence et en temps réel ce que font leurs camarades. Ils ne sont plus jamais débranchés. On accède à Twitter depuis son ordinateur ou son portable. Merveille de la technologie moderne, cet outil permet de diffuser en temps réel son agenda, ses réflexions ou ses humeurs. Il suffit à l'internaute de se connecter au site *twitter.com* pour poster un court message qui sera lu dans la minute, en direct, par l'ensemble de son réseau.

« La base de Twitter, c'est de diffuser à tous ses amis ce qu'on est en train de faire à l'instant. C'est du micro-bloguing », explique Frédéric Cozic, consultant en « Web innovant »[1]. Concrètement, l'utilisateur dispose d'un message de la taille d'un SMS pour s'exprimer. Autant dire qu'avec un format aussi court on ne peut guère s'attendre à une richesse des échanges. Mais, pour les spécialistes des nouveaux médias, comme Joël Ronez, les avantages de Twitter sont indéniables : « D'abord, c'est très simple à utili-

---

1. *blog.aysoon.com*.

ser. Ensuite, cela peut s'exporter. On peut, par exemple, "twitter" depuis son téléphone portable [1]. » Surtout, c'est gratuit : « Vous pouvez donner rendez-vous à mille personnes en même temps sans dépenser un seul centime. »

Il n'y a rien d'étonnant à ce que ce système intéresse les partis politiques, qui y voient la possibilité d'informer leurs militants à moindre coût. Aux États-Unis, les candidats à l'élection présidentielle ont su tirer les bénéfices des réseaux sociaux. Barack Obama comptait plusieurs dizaines de milliers d'abonnés sur Twitter. Les fans ont toutefois été déçus : Obama n'écrivait pas ses commentaires personnellement. Le système a en tout cas permis de diffuser rapidement les chiffres des sondages et les références des dernières enquêtes. Surtout, il a facilité la levée de fonds pour le sénateur démocrate. Outre-Atlantique, le succès est tel que Twitter a hébergé un débat sur les nouvelles technologies entre les représentants des deux prétendants à la Maison-Blanche, même si la confrontation s'est trouvée réduite à des slogans compte tenu de la limitation à cent quarante caractères...

---

1. [Cup Of Tea] blog, *http://blog.ronez.net/*.

Une autre façon d'être en société

La solitude des grandes villes et celle qui caractérise l'adolescence renforcent le besoin d'être en permanence connecté. Il suffit d'observer les jeunes gens qui, dans les transports en commun, s'accrochent à leurs objets nomades, téléphones ou lecteurs MP3, comme à des doudous afin de conjurer l'angoisse de la solitude. Le paradoxe est que l'on finirait par souhaiter qu'ils aient envie d'un peu de solitude. Comment grandit un enfant qui n'est jamais seul ? Et que dire des systèmes GPS embarqués sur les téléphones portables, qui permettent de savoir en permanence où se trouve le porteur de l'appareil ? Que dire d'un individu qui sait de moins en moins où il en est, mais qui, grâce à son GPS, ne se perd jamais ? Dans un document publié par le magazine américain *Forbes*, un témoin déclare : « Quand mon Palm s'est cassé, j'ai cru mourir. C'était plus que je ne pouvais supporter. J'avais l'impression d'avoir perdu mon âme [1]. »

La vitesse, la brièveté des messages comme celle des temps de lecture engendrent d'autres manières de penser. Nous ne sommes pas seulement ce que nous lisons, nous sommes aussi le produit de notre manière de lire. L'individu hyperconnecté développe une intelligence ra-

---

1. *Forbes*, 29 septembre 2008.

pide, malléable, réactive, mais il ne se laisse guère de temps pour flâner, rêvasser, sinon pour penser. L'hésitation, l'ambiguïté ne sont plus des moments de réflexion, des opportunités pour approfondir une question, mais des bogues, des erreurs du programme, qu'il convient de vite corriger.

Cette manière de penser ne rend pas forcément « stupide », mais elle change beaucoup de choses dans nos rapports au monde, à l'histoire, à la littérature et aux autres. L'auteur et metteur en scène américain Richard Foreman, né en 1937, explique : « Je proviens d'une tradition de la culture occidentale où l'idéal résidait dans la complexité, la densité, et où une personnalité était forgée par une haute culture construite comme une cathédrale. Un homme ou une femme portaient en eux une interprétation personnelle et originale de l'héritage de la culture occidentale. Désormais, je constate chez tout le monde — moi y compris — le remplacement de cette densité intérieure complexe par une nouvelle personnalité qui évolue sous la pression de la surabondance d'informations et de la technologie de l'accès immédiat[1]. »

Bien sûr, Internet ne porte pas seul la responsabilité de ces bouleversements. L'individualisme, la culture du narcissisme, la déliaison entre les individus, l'incertitude des personnali-

---

1. *In* A. Carr, « Is Google Making us Stupid ? », art. cité.

tés, le culte de la vitesse, le déclin des humanités et de la lecture des livres, tous ces traits de la société contemporaine ont commencé bien avant l'irruption massive des nouvelles technologies de la communication. Internet a simplement accéléré ces processus, pour les êtres comme pour les choses.

Le triomphe de la culture jeune

À beaucoup d'égards, Internet est, selon l'expression de Francis Pisani et Dominique Piotet, deux Français installés en Californie, d'où ils observent ce monde qui vient, « l'espace social de l'adolescence [1] ». Facebook, l'un des « réseaux sociaux » les plus fameux, a été conçu à l'origine par des étudiants de l'Université de Stanford, en Californie, comme un moyen d'échanger des messages et de rester en contact avec leurs condisciples. MySpace, son concurrent le plus connu, était au départ le point de rencontre des passionnés de musique indépendante à Los Angeles. Si Pisani et Piotet font l'hypothèse que, depuis 2004, « le Web a donné lieu à l'émergence d'une nouvelle dynamique relationnelle [2] », on peut aussi se demander s'il n'est pas

[1]. Dominique Piotet et Francis Pisani, *Comment le Web change le monde. L'alchimie des multitudes*, Village mondial, 2008.
[2]. *Ibid.*

l'accélérateur de cette culture adolescente, qui est comme un marqueur de notre époque.

Le jeune internaute bouge tout le temps, multiplie les connexions et saute d'un monde à l'autre, d'un mini-message à un jeu vidéo. Il dialogue sur plusieurs fenêtres ouvertes simultanément, sans en être troublé outre mesure. Ceux que l'on appelle désormais les *digital natives*, ceux qui n'ont pas connu le monde d'avant la prolifération du numérique, ont grandi devant des ordinateurs quand leurs aînés l'avaient fait devant les écrans de télévision, et parfois encore avec des livres. Ces *natives* communiquent, écrivent, se déplacent différemment des autres, des anciens, qui sont parfois à peine plus vieux qu'eux. Ils ont du mal à imaginer à quoi ressemblait le monde d'avant le Web.

Pourtant, il ne faut pas s'y tromper : dans leur ensemble, ils ne sont pas très intéressés par la technique. Surtout, ils se heurtent à des obstacles culturels pour utiliser la « mine de savoirs » qu'est censé receler Internet. La « génération Google », malgré sa passion pour tout ce qui est interactif, n'est pas particulièrement experte pour les recherches sur le Net. Les *digital natives* ont, par exemple, beaucoup de mal à trouver les mots qui conviennent pour effectuer une recherche efficace. Savoir bien se servir de Facebook ne fait pas de vous un expert des recherches sur Internet. Ce relatif illettrisme numérique s'accompagne d'une redoutable difficulté à distinguer le vrai du faux. De plus en plus de gens remettent en question la réalité des attentats du 11 septembre 2001 à New York, gobant souvent le négationnisme popularisé par un livre de Thierry Meyssan [1] et désormais véhiculé par quantité de sites sur la Toile. Il y a quelque chose de sidérant à voir la façon dont Internet semble capable de banaliser les plus grosses contre-vérités.

La contagion des cultures adolescentes se manifeste encore plus spectaculairement dans l'invention d'une « novlangue », dédaigneuse des règles de syntaxe et de grammaire, au profit d'abréviations plus efficaces, brèves, rapides. Les signes et les symboles (le petit soleil Smiley, devenu une signature universelle), la ponctuation ignorée ou détournée comme signifiant, à l'image du pictogramme :-) qui figure le contentement. Ce sont les ados qui échangent des textos, de courts textes avec leurs amis, organisent les communautés les plus vivantes sur les réseaux sociaux, qui jouent aux jeux en ligne à plusieurs (un nombre non négligeable d'adultes, ou supposés tels, les y rejoignent, tout comme ils le font dans les mondes virtuels du genre Second Life).

« Les jeunes blogueurs, analysent encore plus radicalement d'autres auteurs, y vivent leur "entre

---

[1]. Thierry Meyssan, *11 Septembre 2001 : l'effroyable imposture*, Carnot, 2002.

soi", territoire hybride entre le monde réel et le monde virtuel d'Internet. L'introduction de la vidéo à partir de webcams à bas coût et de téléphones mobiles équipés modifie le rapport à l'image. D'autres formes d'identités virtuelles sont à attendre [...]. Voici le temps de l'homme sans qualités. Seul, abandonné au présent infini : il doit choisir sa vérité, sélectionner, adapter, manipuler sa configuration identitaire. Il doit choisir sa morale et forger ses propres lois personnelles et portatives. Choisir ses liens sociaux et choisir son identité [1]. »

En France, les spécialistes de l'éducation déplorent depuis longtemps la difficulté des élèves à acquérir les bases minimales de la maîtrise de la langue, ce fameux « socle de connaissances » que cherchent à retrouver les ministres de l'Éducation nationale. L'orthographe, la syntaxe, la capacité à écrire et à lire correctement, sans parler du style, ne sont plus des acquis au sortir de l'école primaire. Le phénomène n'est guère différent aux États-Unis, où la linguiste Naomi S. Baron dénonce le règne du « je m'en-foutisme linguistique » : « Depuis la Seconde Guerre mondiale, l'éducation en Amérique a de plus en plus été informelle, tournée "vers l'étudiant" qui a été encouragé à "s'exprimer" avec son propre lan-

---

1. Nathalie Brion et Jean Brousse, *Qui croire?*, Descartes & Cie, 2008, p. 135.

gage[1]. » Évoquant le retour à un « temps d'anarchie linguistique », comparable à celui du Moyen Âge, encore encouragé par un multiculturalisme qui entre en conflit avec un modèle social normatif, elle estime que si l'on communique de plus en plus, on a « peut-être plus de mal que jamais à se comprendre ».

C'est toujours ce monde immature, où les personnalités — les « profils » que l'on établit soi-même sur le Net — peuvent être aussi multiples que mal définies, changeantes et le plus souvent anonymes, s'évadant vers d'autres mondes puisqu'il s'agit dans presque tous les cas d'une deuxième vie, une *second life*. On s'y fait des « amis » — il vaudrait mieux parler de « liens » ou d'avatars, puisqu'on ne les rencontre quasiment jamais dans la vraie vie —, avec lesquels on partage des *hobbies*, des informations, des « passions », voire des répulsions. C'est le monde de Peter Pan, où l'on peut rêver et rompre son isolement sans prendre le risque de trop se frotter au monde réel.

« Les profils sont comme des personnes numériques, explique Danah Boyd, jeune anthropologue américaine, spécialisée dans la recherche sur les communautés de jeunes en ligne. Ils sont la représentation numérique publique de l'iden-

---

1. Naomi S. Baron, « Is the Internet Destroying Language », Tesol Program, Department of Language and Foreign Studies College of Arts and Sciences American University of Washington *(www.american.edu/tesol)*.

tité. [...] Pour les adolescents, donner une image *cool* d'eux-mêmes est fondamental. MySpace les invite à décrire leur propre identité au travers de pages personnelles incroyables. Ce faisant, cela leur permet de montrer une image d'eux-mêmes et de recueillir des réactions [1]. » Autrement dit, de définir par petites touches cette image en fonction des réactions de leurs interlocuteurs.

On n'est jamais vraiment engagé sur Internet : les « liens » sont le contraire de l'appartenance, et les communautés n'engendrent ni devoir ni attachement. Le détachement de l'individu en réseau est sans égal. Les liens dans le monde virtuel se multiplient dans une société où l'on ne cesse de déplorer la rupture du « lien social ». On a pu parler avec justesse d'« individualisme réticulaire », d'individus en réseau.

Les jeunes et l'information

Quels rapports ces adolescents plus ou moins prolongés, *digital natives* ou adultes encore jeunes, qui ont grandi face aux ordinateurs entretiennent-ils avec l'information et les journaux ? Aux États-Unis, où ces usages sont systématiquement documentés, on a constaté que

---

1. Citée par D. Piotet et F. Pisani, *Comment le Web change le monde*, *op. cit.*, p. 31.

39 % des 18-24 ans lisaient un quotidien en 1997 et qu'ils n'étaient plus que 26 % en 2001 et 22 % en 2006[1]. Parmi les 25-34 ans, ces proportions sont passées de 77 % en 1970 à 35 % en 2006. Dans le même ordre d'idées, 60 % des adolescents déclarent ne pas être intéressés par l'actualité quotidienne, que ce soit dans les journaux papier ou en ligne.

Michael P. Smith, directeur du MMC (Media Management Center) de l'Université américaine Northwestern, a réalisé une enquête systématique parmi les *digital natives*. Selon lui, « nombre de ces adolescents ne font pas d'effort particulier pour prendre connaissance des informations sur le Web[2] ». L'étude a établi que les nouvelles dites « sérieuses » n'intéressent pas vraiment ces jeunes. Pis, ceux-ci estiment qu'elles risquent de les « stresser » en les confrontant aux périls du monde extérieur. Ils préfèrent donc s'en tenir éloignés. Ces adolescents qui utilisent massivement Internet, lorsqu'ils lisent des informations font souvent autre chose en même temps (dialogue sur Messenger, blog, téléchargement). Les grands agrégateurs de contenus tels que Google ou Yahoo! sont leurs principales sources d'information, loin devant les sites des médias traditionnels. Enfin, ce sont

---

1. Association des éditeurs de journaux américains, *www.naa.org*.
2. Cité par le blog AFP-MediaWatch (*http://mediawatch.afp.com/*).

la musique, le divertissement et les sports qui viennent en tête de leurs sujets favoris.

Faut-il pour autant suivre l'universitaire américain Mark Bauerlein, qui a publié au printemps de 2008 un livre intitulé *La génération la plus bête*, et considérer que les moins de trente ans sont des ignares qui ne connaissent pas l'histoire et sont incapables de rester tranquilles plus de cinq minutes pour lire un livre[1] ? En sous-titrant son essai « Comment l'âge numérique abrutit les jeunes Américains et compromet notre avenir (ou ne faites jamais confiance à quelqu'un de moins de trente ans) », il était conscient de l'ampleur de sa provocation. Mais son ouvrage n'est pas l'habituel lamento du vieux prof pour qui « tout était mieux avant ». Il livre un certain nombre d'enquêtes, dont les résultats pointent tous vers une réduction spectaculaire de ce qu'il est convenu d'appeler la culture générale. Il estime que les nouvelles générations d'étudiants — dont le QI tel qu'on le mesure depuis 1930 ne cesse d'augmenter — s'intéressent moins au savoir qu'aux moyens d'y accéder. C'est ce que constatent tous les enseignants dont les élèves ne lisent plus de livres, mais citent abondamment les auteurs picorés au fil de leurs recherches sur Internet. Il est vrai

---

1. Mark Bauerlein, *The Dumbest Generation. How the Digital Age Stupefies Young Americans and Jeopardizes Our Future (Or, Don't Trust Anyone Under 30)*, New York, Tarcher, 2008.

que l'école, dès leur plus jeune âge, ne les encourage pas à la lecture d'ouvrages entiers, mais les habitue à manier les extraits photocopiés, le plus souvent en dehors de tout contexte.

Ce phénomène a largement précédé l'usage massif du Web, et la lecture des livres ne diminue pas seulement parmi les plus jeunes. En France, c'est à la fin des années 1980 qu'il a pris une ampleur inquiétante, en particulier pour les ouvrages de sciences humaines. La tendance est dissimulée par la croissance régulière du nombre de titres publiés, inflation dont l'objectif est de préserver le chiffre d'affaires des éditeurs. On augmente le nombre de titres pour compenser le nombre décroissant d'exemplaires vendus : un livre de sciences humaines qui se vendait à deux ou trois mille exemplaires lors de sa première année de vie, en 1980, plafonne aujourd'hui à quelques centaines d'unités.

La crise du livre a été amplifiée par la forte diminution des « gros lecteurs », ceux qui lisent plus de vingt-cinq ouvrages par an, qui sont passés de 22 % en 1973 à 14 % en 1997, alors qu'un Français sur quatre ne lit pas, ou ne lit plus de livres. Néanmoins, jusqu'à très récemment, l'industrie du livre ne se disait pas trop inquiète, et nombre de maisons d'édition dégageaient encore des marges appréciables.

La numérisation des livres

Depuis janvier 2008, une autre menace pour les maisons d'édition sinon pour la lecture semble en passe de se concrétiser : celle du livre numérique, avec le lancement par la librairie en ligne Amazon de son Kindle, machine électronique à lire des livres. Cela fait plus de dix ans que l'on parle de l'arrivée des *e-books*, mais les premières tentatives avaient jusque-là échoué : trop chers, peu pratiques, encombrants, les livres électroniques avaient multiplié les flops. Cette fois, l'affaire est sérieuse.

D'abord, les progrès techniques sont réels : les écrans sont confortables ; on peut lire en plein soleil sans reflet ; on tourne facilement les pages ; le prix d'un livre électronique est inférieur à celui d'un livre sur papier, même si la machine est encore chère. Le Kindle est relié à Amazon par un réseau téléphonique à haut débit, ce qui permet de s'en servir partout, sans passer par un ordinateur. Des dizaines de maisons d'édition américaines ont signé des accords avec la librairie en ligne pour lui confier une partie de leur catalogue. Une quinzaine de grands journaux ont fait de même, parmi lesquels le *New York Times* et *Le Monde*.

Les chiffres de vente restent encore modestes, même si les analystes ont vite doublé leurs premières estimations : 380 000 appareils vendus en 2008, mais Citigroup envisage qu'il y en ait plus de 4 millions en 2010 aux États-Unis. Cela ne signifie pas la mort du livre, mais, dans un pays tel que les États-Unis, où les petites librairies, et bientôt les moyennes et certaines grandes chaînes, disparaissent, c'est un nouveau clignotant alarmant. D'autant que l'ambition de Jeff Bezos, le patron d'Amazon, est vertigineuse : « Un jour, nous posséderons la totalité des livres qui ont été imprimés, dans toutes les langues, y compris les livres épuisés [1]. »

À moins qu'un de ses concurrents, notamment l'inévitable Google, ne le fasse à sa place. La firme de Mount Valley a entrepris de numériser 3 000 livres par jour à la bibliothèque de Berkeley (Californie), et l'on estime qu'elle viserait la numérisation de quelque 65 millions d'ouvrages. Le scepticisme des éditeurs a fait place à une véritable préoccupation. « L'incrédulité des éditeurs m'a longtemps rappelé celle des photographes quand sont arrivés les premiers appareils numériques ou celle des gens des télécoms quand on a évoqué le téléphone gratuit sur Internet », commente un journaliste spécialisé [2].

Avec la numérisation, l'industrie de l'édition pourrait connaître sinon le sort de l'industrie du disque, du moins celle des journaux : des pertes

1. Jeff Bezos, « The Future of Reading », *Newsweek*, 26 novembre 2007.
2. Entretien avec l'auteur.

de chiffre d'affaires suffisamment importantes pour remettre en question ses grands équilibres. Car beaucoup d'éditeurs sont également distributeurs. Si l'on songe que dans un groupe tel qu'Editis, par exemple, la distribution représente plus de 20 % du chiffre d'affaires, on comprend sans peine les dégâts que pourrait entraîner le développement de la distribution électronique. Certains secteurs de l'édition ont déjà été directement affectés par le développement d'Internet, en particulier celui des encyclopédies, dont l'*Encylopædia Universalis* et le *Quid* sont les premières grandes victimes. Il en ira bientôt de même avec l'édition scientifique, technique, médicale et juridique et certains livres pratiques, comme les guides de voyages et les livres de cuisine.

Le rapport sur le livre numérique que le gouvernement français avait confié à une commission présidée par Bruno Patino, ancien directeur du « Monde Interactif » et de *Télérama*, conclut pour sa part que, s'il « serait frauduleux d'annoncer l'avènement prochain du livre numérique, il serait irresponsable d'écarter l'hypothèse du déferlement de textes sur les écrans [1] ». L'étude relève que rien ne garantit que les éditeurs demeureront les détenteurs de la valeur créée par les livres électroniques, celle-ci pou-

---

1. Rapport sur le livre numérique remis à Mme Christine Albanel, le 30 juin 2008.

vant être captée directement par certains auteurs diffusant leurs ouvrages eux-mêmes et surtout par les autres intervenants de l'univers électronique, fournisseurs d'accès, détenteurs des droits, vendeurs qui « placent » les produits ou fabricants de technologie. Dans un tel cas, si un Google ou un France Télécom captait cette valeur, cela participerait de la concentration industrielle autour de nouveaux mastodontes qui se dessine à tous les niveaux de l'univers digital.

La numérisation des livres est grosse d'un autre phénomène troublant : le démantèlement de l'œuvre elle-même, qui ne sera plus consommée que de manière utilitaire, par petits morceaux. C'est déjà le cas pour la pratique de nombre d'étudiants qui, sans attendre le Kindle, sont devenus des artistes du « copier-coller ». Les enseignants, y compris dans les écoles les plus prestigieuses, constatent ce phénomène qui dérive tellement vers le plagiat que des logiciels de détection des plagiats ont dû être mis au point.

Bien conscient de ce fait, Amazon propose des œuvres à la page ou au chapitre. Pourquoi dépenser de l'argent pour acheter des pages dont on n'a pas « besoin » ? C'est en substance ce qu'avaient dit à la linguiste Naomi Baron ses étudiants quand elle leur demanda de lire un gros livre : « Êtes-vous consciente, avaient-ils demandé à leur professeur, qu'il y a plus de cinq cents pages et que les arguments de l'auteur sont déjà bien résumés sur Internet [1] ? » Une autre manière de « lire » se met ainsi en place. Un texte n'a plus un début, un milieu et une fin, mais représente un ensemble de morceaux autonomes. On n'accède plus, sur Internet, à un journal dans son ensemble ni à ses pages, mais à certains de ses articles, et l'on n'écoute plus un album de musique, mais des *play-lists* et des morceaux individuels. De même n'ouvrira-t-on peut-être plus un livre bientôt, mais téléchargera-t-on la page, le paragraphe ou la phrase qui nous sera utile.

Les livres électroniques ressembleront de moins en moins aux livres traditionnels. Ils seront « complétés » par des liens avec d'autres textes, des dictionnaires ou des images, de la 3D, des films, des sons, etc. On imagine à quoi pourrait ressembler sur un « super-Kindle » un *Harry Potter* ou un livre d'art illustré avec des techniques électroniques. On imagine moins facilement ce qu'il resterait de *Madame Bovary* si l'œuvre était « illustrée » avec, par exemple, des images du film de Claude Chabrol et accompagnée d'un jeu interactif...

Comme on le constate sur les blogs, l'écriture elle-même en sera probablement transformée.

---

[1]. Naomi S. Baron, « The Future of Written Culture », *Ibérica*, journal de The European Association of Languages for Specific Purposes, Santiago Posteguillo, numéro spécial, avril 2005 ; texte d'une conférence de septembre 2003 (Castellón, Espagne).

Certains estiment que beaucoup de livres deviendront des objets jamais finis, sans cesse modifiés et remodelés au travers des débats directs avec les lecteurs. La notion d'auteur deviendra du même coup problématique, comme elle l'est déjà pour les morceaux de musiques « remixés » ou « samplés ». Cela soulèvera la question des droits d'auteur. Au Japon, où le livre numérique représente déjà 3 % des ventes, certains auteurs se sont spécialisés dans la rédaction de fictions à lire sur les téléphones portables. *Koizora* (« Ciel d'amour »), de Mika, un « roman » ainsi écrit, a été lu sur portable par plusieurs millions de Japonais. « Au total, écrit une correspondante du *Monde*, la valeur des téléchargements d'ouvrages sur téléphone mobile a atteint pour la période d'avril 2007 à mars 2008 quelque 28,5 milliards de yens (180 millions d'euros) [1]. » De quoi démentir ceux qui soutiennent que les jeunes lisent de moins en moins ?

Pas sûr. Car s'agit-il encore de livres ? Et peut-on se rassurer en soutenant que si les livres, comme les journaux, sont en danger, la lecture, elle, a encore un bel avenir ? Ce n'est pas l'avis de Steve Jobs, le mythique patron et inventeur d'Apple, qui déclarait au début de 2008, lors du lancement du Kindle d'Amazon : « C'est un concept stupide. Qu'importe si ce

---

1. *Le Monde*, 11 septembre 2008.

produit est bon ou mauvais puisque, en réalité, les gens ne lisent plus. 40 % des Américains ont lu moins d'un livre l'an dernier. C'est toute la conception de ce produit qui est fausse au départ, puisque les gens ne lisent plus[1]. » Ce n'est pas non plus l'avis de l'auteur américain d'un article consacré aux bibliothèques de demain, qui constate : « Les salles de lecture des campus sont presque vides. Pour encourager les étudiants à revenir, certains bibliothécaires offrent des fauteuils et même des boissons et des sandwichs. Les étudiants modernes et post-modernes font leurs recherches sur leurs ordinateurs, dans leur chambre. Pour eux, le savoir arrive en ligne, pas dans les bibliothèques[2]. »

Ces avis pèchent probablement par excès de pessimisme, mais ils signalent qu'une autre économie de la lecture se met en place. Comme les journaux, les livres ne vont pas disparaître du jour au lendemain. Peut-être connaîtront-ils le sort que leur promet le maître du nouveau roman américain, Robert Coover. Pour lui, il ne fait pas de doute que le roman va survivre, mais pas dans ses formes actuelles : « Il est hautement probable que le public des formes anciennes va se réduire et que le public des formes numériques va augmenter. De fait, le lectorat

---

1. *The New York Times*, 20 février 2008.
2. Robert Darnton, « The Library in the New Age », *The New York Review of Books*, 12 juin 2008.

des livres traditionnels décline. La qualité du lecteur moyen, en revanche, augmente[1]. » Son optimisme désenchanté ne concerne pas l'industrie de l'édition ni même la lecture massive, mais l'avenir de la littérature. Car, précise-t-il, ces bons lecteurs d'une littérature exigeante (qu'il oppose à « l'industrie du roman ») ne sont « qu'une poignée ». Le lectorat de la fiction littéraire « s'est réduit aux écrivains eux-mêmes, aux universitaires et à quelques anciens étudiants. C'est une communauté aussi restreinte et autarcique que celle des lecteurs de poésie pour la génération précédente ».

---

1. *Le Nouvel Observateur*, 18 juin 2008.

VII

Le gratuit peut rapporter gros

Une destruction de valeur

Désaffection publicitaire, désaffection du public, les groupes de presse traditionnels ont subi au même moment un troisième coup de boutoir avec l'apparition d'une presse gratuite. Une fois n'est pas coutume dans l'histoire des médias, c'est en Europe qu'est née cette nouvelle presse. Les Belges avaient inventé les gratuits d'annonces dans les années 1950, les Suédois ont posé les jalons des quotidiens gratuits d'information en 1995. Une bonne décennie plus tard, cette presse s'impose dans le paysage. Il y a aujourd'hui plus de trois cents gratuits dans le monde, dont la moitié en Europe, où ils détiennent déjà une part de marché impressionnante : près du quart de la diffusion de la presse quotidienne est gratuit. Avec une pénétration hétérogène : longtemps nulle en Allemagne, de l'ordre de 10 % au Royaume-Uni, de 22 % en France, de 50 % en Espagne et de 80 % en Islande.

Presque partout dans le monde, les titres, la diffusion et les revenus publicitaires de cette nouvelle presse ont été en forte augmentation jusqu'à la crise financière. Les gratuits répondent à un besoin réel en offrant un « balayage » rapide, souvent sommaire, de l'actualité, sous un mode plus ludique et plus décalé que les payants. Avec un modèle économique *low cost*, ces journaux « fabriquent » ou récupèrent de nouveaux lecteurs différents, plus jeunes, plus urbains et moins exigeants sur la qualité des contenus. L'un des groupes *leaders* de ce marché, le norvégien Schibsted (l'éditeur, entre autres, du quotidien *20 minutes*, mais aussi de quotidiens payants et de sites Internet), a annoncé en août 2007 un doublement de ses bénéfices (47,4 millions d'euros).

La France fait toutefois encore exception : les gratuits augmentent certes leur audience (*20 minutes* est même passé devant *Le Monde* en 2006, selon une étude ÉPIQ), mais ils peinent à gagner de l'argent et souffrent, comme la presse payante, du ralentissement du marché publicitaire. Les éditeurs traditionnels les ont d'abord ignorés, misant sur leur échec, avant de changer brutalement de stratégie.

Comme Internet, l'essor de cette nouvelle presse diffuse à grande vitesse une culture de la gratuité en matière d'information. En ce sens, elle participe à la destruction de la valeur qu'avaient su créer les médias traditionnels. « Les groupes de presse sont mis au défi d'arrêter cette destruction, d'inventer et de produire à nouveau plus de valeur pour leurs investisseurs, pour leurs annonceurs, pour leurs lecteurs, pour la société, et pour leurs journalistes », constate Robert G. Picard[1].

Gratuit ou volé ?

Bienvenue chez les Ch'tis, le film de Dany Boon, a réalisé un record historique d'entrées pour un film français. Il a également accompli une autre performance, plus agaçante pour ses producteurs : celle du piratage, avec 700 000 téléchargements illégaux. Il n'y a rien d'étonnant à cela puisque chaque jour, en France, on enregistre autant de téléchargements illégaux (450 000, soit 14 millions chaque mois) que de tickets de cinéma vendus en salle. « Nous sommes devant un phénomène majeur qui met en péril l'industrie du cinéma et de l'audiovisuel », commente Frédéric Delacroix, délégué général de l'ALPA (Association de lutte contre la piraterie audiovisuelle).

On le sait, l'industrie du disque musical est

---

[1]. R. G. Picard, « Journalism, Value Creation and the Future of News Organization », art. cité.

en chute libre depuis plusieurs années, victime du piratage, mais plus profondément encore du refus de la plupart des consommateurs, et surtout des plus jeunes, de payer les prix imposés par les maisons de disques... et de payer tout court quand il s'agit des moins de vingt-cinq ans. Les copies illégales de CD n'ont pas cessé après la mise en place de mesures de répression. On estime que le marché mondial de la musique enregistrée devrait tomber à 20 milliards de dollars en 2011, contre 45 milliards de dollars en 1997. Les ventes de musique en ligne sur les plates-formes payantes sont loin de compenser l'effondrement de 50 % des ventes de CD depuis 2002.

La riposte graduée, préconisée par la mission dirigée par l'ex-P-DG de la FNAC Denis Olivennes, avec avertissement puis interruption éventuelle de la connexion pour les internautes pirates, n'a pas vraiment convaincu. Surtout, elle ne semble pas à même d'enrayer significativement le phénomène. Le piratage *peer-to-peer*, ou P2P (échange de données de pair à pair entre ordinateurs), « semble décidément impossible à stopper », constate l'hebdomadaire britannique *The Economist*, tout en continuant de préciser que cette activité reste du « vol »[1]. En 2008, en France, 12 millions d'internautes pratiquaient le système du P2P.

1. *The Economist*, 17 juillet 2008.

Aux États-Unis, des législations particulièrement répressives ont été adoptées, prévoyant de fortes amendes, des peines pouvant aller jusqu'à trois ans de détention et des poursuites contre les fournisseurs de technologies P2P. Mais rien n'y fait, même si l'on peut considérer que le piratage y est un peu moins considérable qu'en Europe. Les maisons de disques et les studios engagent eux-mêmes les procédures, mais admettent que les résultats sont décevants. L'Association américaine des industries du disque a lancé plusieurs milliers d'actions en justice contre des internautes soupçonnés de piratage. Compte tenu des frais engagés pour ces poursuites, elle reconnaît que cela ne lui a rien rapporté, sinon une dégradation de son image. Beaucoup de ces « pirates » sont en effet des étudiants dans les meilleures universités du pays, où ils bénéficient de très hauts débits.

Le triomphe du gratuit

C'est sans doute parce qu'une idéologie du gratuit s'est diffusée ces dernières années chez les plus jeunes, peu ou pas accoutumés à payer pour des contenus, qu'ils ont pris l'habitude d'acquérir en ligne sans payer. Mais le phénomène va bien au-delà. La gratuité est devenue une donnée du marketing. Ainsi les journaux gratuits sont-ils désormais inscrits dans le paysage — effaçant aux yeux de beaucoup de lecteurs le fait que la fabrication de l'information a un coût. Radios et télévisions (hors redevances ou abonnements) fournissent des contenus gratuits depuis longtemps. Mais les téléphones portables achetés 1 euro, la possibilité de téléphoner gratuitement *via* Internet (30 % du trafic en France) ou l'accès libre à une infinité de services, à commencer par les contenus des journaux sur Internet, ont installé l'idée de gratuité dans le paysage.

Telle est bien la conviction du rédacteur en chef du magazine américain *Wired*, Chris Anderson, esprit fécond et à sa façon génie du marketing des idées, qui en a fait la théorie. Après avoir introduit le concept de *long tail* (« longue traîne »)[1], il y a quelques années, il démontre aujourd'hui que la gratuité va constituer un nouveau moteur économique[2]. Il rappelle d'abord que Gillette avait, dès le début du siècle dernier, compris qu'en donnant des produits on pouvait s'enrichir. Le modèle Gillette, c'est le rasoir offert gratuitement, ou presque, pour inciter les consommateurs à acheter les lames coûteuses, puisque le rasoir seul est inutile. Aujourd'hui, d'habiles commerçants installent « gratuite-

---

1. Chris Anderson, *La Longue Traîne. La nouvelle économie est là* (2005), Pearson Education, 2007.
2. Chris Anderson, « Free! Why $0.00 Is the Future of Business », *Wired*, 25 février 2008.

ment » des distributeurs de boissons dans toutes les entreprises, ce qui leur rapporte gros en vente de cafés, sodas et sucreries. Dans tous ces cas, il est toutefois difficile de parler de véritable gratuité, mais plutôt d'une subvention à l'achat, du déplacement du coût d'un produit sur un autre (*cross-subsidy*).

Aujourd'hui, le consommateur a véritablement accès, *via* Internet, à des produits et surtout des services gratuits. La gratuité ne cesse de s'étendre, sans même que les internautes aient recours au piratage. Les journaux qui, tels le *New York Times* ou *El País*, ont essayé de faire payer une partie de leurs contenus en ligne y ont presque tous renoncé. Seuls certains titres économiques et financiers, dont les abonnements sont souvent payés par les entreprises à leurs salariés, continuent de garder une petite part de leur offre payante. Google, Yahoo!, Orange et la plupart des fournisseurs d'accès et des moteurs de recherche sur Internet proposent des systèmes de messagerie, des possibilités de stockage des données, des plans et des cartes géographiques (Google Earth) et des dizaines d'autres services... pour rien. De plus en plus, les logiciels et services informatiques (systèmes d'exploitation, traitements de textes, palettes graphiques, logiciels de retouche photo, tableurs, etc.) sont disponibles gratuitement dans le monde de l'*open source*, dont le célèbre Linux est le système d'exploitation le plus menaçant pour la suprématie de l'empire Microsoft.

Selon Chris Anderson, les coûts sur Internet tendent vers zéro et « tout ce que touche le numérique évolue vers la gratuité [1] ». Sa thèse est que de plus en plus de produits et de services seront gratuits, car avec Internet on passe de la rareté à la surabondance et l'on réduit radicalement les coûts marginaux de fabrication et de distribution. Ce qui conduit les entreprises à offrir gratuitement une grande partie de leurs biens et services et à trouver ailleurs des sources de profit.

L'économiste monétariste et Prix Nobel Milton Friedman avait tort lorsqu'il répétait : « Un déjeuner gratuit, ça n'existe pas » (*There's no such a thing as a free lunch*), assure encore Chris Anderson. Mais est-ce si sûr ? Dans une économie de marché, quelqu'un finit toujours par régler l'addition. Plutôt que de dessiner un avenir ressemblant à un Noël permanent, où il n'y aurait que des cadeaux pour tout le monde — qui pourrait y croire ? —, mieux vaut sans doute se rappeler que le profit demeure la finalité des entreprises.

Si discutable qu'elle puisse paraître, la thèse de Chris Anderson nous aide à comprendre que l'univers numérique a ouvert une reconfiguration profonde du monde du marketing. L'effet

---

1. *Ibid.*

Gillette est formidablement démultiplié, mais, au bout du compte, il faut bien que quelqu'un paye et que quelqu'un d'autre gagne de l'argent. Internet, contrairement aux chansons douces de quelques utopistes, ne reconstruit pas le rêve communiste et n'est en aucune façon l'univers où chacun dispose de tout gratuitement, « selon ses besoins ». Ce n'est qu'une autre manière de gagner de l'argent, beaucoup d'argent.

L'économie de l'attention

Anderson lui-même ne croit pas au paradis de la gratuité généralisée, convaincu que si l'on donne des choses c'est pour gagner de l'argent, et si possible plus d'argent, par d'autres moyens. En tout cas, l'extension du domaine de la gratuité implique un bouleversement de la chaîne de valeur, avec, forcément, des gagnants et des perdants. C'est déjà vrai dans la chaîne de production et de distribution de l'information, où il est évident que l'immense majorité du public refuse de payer pour s'informer (radio, télévision, Internet, journaux gratuits). Reste à trouver les moyens de financer autrement cette information... pour autant qu'il y ait assez de citoyens désireux de la connaître.

Point crucial dans la réorganisation de l'économie *via* le numérique : des « externalités » nouvelles — ces influences « extérieures » qui jouent sur l'activité d'une entreprise — prennent une importance stratégique. Il s'agit de la réputation, de la notoriété, de la confiance et, finalement, de la capacité à capter l'attention des consommateurs. Dans un monde d'offres surabondantes, mais où les journées n'ont toujours que vingt-quatre heures, l'« économie de l'attention » devient un élément de valeur déterminant. Une bonne partie des mécanismes à l'œuvre sur Internet le traduisent, à commencer par les systèmes de classement sur les moteurs de recherche tels que Google, et, davantage encore, les systèmes tels que Digg, où les sites sont sélectionnés par les internautes et deviennent visibles ou disparaissent dans les ténèbres numériques au rythme des clics qu'ils recueillent. Déjà, la plupart des sites d'information proposent le classement des « articles les plus consultés » ou « les plus appréciés », au risque de voir les culottes de Mlle Paris Hilton retenir plus l'attention d'une majorité d'internautes que la réforme de la Sécurité sociale.

Anderson insiste sur les nouveaux moyens de gagner de l'argent qui accompagnent le développement de la gratuité. Ils sont nombreux, mais sans doute pas encore tous inventés. Le plus connu est évidemment celui de la publicité, mais celle-ci, bien qu'en croissance régulière, ne peut plus suffire à financer tout ce gratuit. Avec la récession économique provoquée par la crise des *subprimes*, les journaux gratuits ont dû l'admettre douloureusement.

On connaît aussi ce que les Américains appellent le *freemium*, l'offre gratuite pour le grand public, mais payante pour une minorité qui veut un service de haute qualité. C'est le cas sur le site d'archivage de photos Flickr, qui a créé un Flickr Pro, mais également sur les sites d'informations économiques et financières, qui continuent de vendre leurs informations à haute valeur ajoutée. Il y a aussi le modèle de l'entièrement gratuit, qui se finance par des activités périphériques. C'est celui qu'a épousé une partie de l'industrie musicale. Dans ce cas, l'accès à la musique est gratuit sur Internet, et les artistes gagnent de l'argent par de grands concerts, des produits dérivés ou la vente de leurs musiques les plus populaires pour d'autres utilisations : musique accompagnant des publicités ou tenant lieu de sonneries de téléphone, par exemple.

Certains pensent aussi à la « gratuité coopérative » : l'internaute offre du travail volontaire ou involontaire, augmentant ainsi la valeur de ce qui lui est proposé gratuitement. C'est le cas lorsque des laboratoires pharmaceutiques font participer des internautes à leurs recherches ou, plus simplement, quand chaque clic de souris augmente la valeur d'un site. Tous les « sites sociaux » ou de rencontres sont bâtis sur ce modèle. La création de valeur sur ces sites gratuits est loin d'être nulle puisque, par exemple, YouTube, le site d'échange de vidéos, a été revendu, un an seulement après sa création, 1,65 milliard de dollars à Google par ses fondateurs, Chad Hurley et Steve Chen. De même, le site de petites annonces Craigslist est-il rapidement devenu une énorme réussite aux États-Unis, où il a littéralement siphonné cette manne jadis essentielle pour la presse écrite, en offrant gratuitement sa plate-forme au public, alors qu'il fallait payer pour paraître dans les journaux. Craigslist a rapporté 40 millions de dollars à ses actionnaires en 2006 (quand les journaux perdaient la même année 326 millions de dollars de chiffre d'affaires de petites annonces).

La piraterie elle-même, autre forme sauvage de gratuité, peut profiter à certains, comme l'a expliqué *The Economist* dans un de ses éditoriaux : « Les entreprises doivent regarder le monde tel qu'il est. En dépit de tous les efforts des maisons de disques, des entreprises du luxe et des fabricants de logiciels, la piraterie s'est révélée très difficile à arrêter. Étant entendu qu'une certaine quantité de vols continuera à se faire en tout état de cause, certaines entreprises peuvent en tirer avantage[1]. » L'hebdomadaire conseille notamment de faire du piratage un instrument de marketing, comme l'ont déjà compris certains producteurs de musique et une

---

1. *The Economist*, 17 juillet 2008.

partie de l'industrie du luxe, laquelle ne voit pas toujours d'un mauvais œil que la contrefaçon assure une publicité gratuite à certains de ses produits.

Dans le même esprit, Chris Anderson raconte l'histoire amusante d'un groupe musical brésilien, Banda Calypso, dont les CD sont revendus illégalement et pour trois fois rien par les bandes des *favelas*. En réalité, c'est le groupe lui-même qui approvisionne les voyous avant chacun de ses concerts de sorte à accroître sa notoriété, et donc le tarif des entrées et de ses produits dérivés. « Le groupe, ajoute Anderson, arrive à ses concerts en jet privé [1]. »

Le coût amer du gratuit

Encore une fois, il ne faut pas trop rêver. Si le gratuit et le *low cost* se sont facilement développés, ce n'est pas uniquement grâce au numérique et à Internet. Les *low salaries* des employés sous-payés chez tous les *hard-discounters* y ont beaucoup contribué. Si les compagnies aériennes *low cost* tentent d'accroître leur chiffre d'affaires par des activités collatérales (agence de voyages, location de voitures, quand ce ne sont pas des jeux d'argent à bord des avions), leur modèle

---

[1]. C. Anderson, « Free! Why $0.00 Is the Future of Business », art. cité.

économique repose d'abord sur un personnel moins bien payé que dans les compagnies « normales », et surtout beaucoup moins nombreux. Les caissières des grandes surfaces à bas prix touchent de très bas salaires. De même, une bonne partie de l'information produite sur les sites Internet l'est par des journalistes payés au smic ou, plus souvent encore, par des stagiaires à peine indemnisés. Le service n'est évidemment pas de la même qualité.

Le gratuit et le piratage, en particulier le P2P, sont également encouragés — ou pas découragés quand il s'agit du piratage — par toute une série d'acteurs d'Internet, qui y trouvent matière à profit. L'ensemble des fournisseurs d'accès ont intérêt à un accroissement rapide du trafic, et le piratage incite à l'adoption de l'Internet rapide, ADSL ou autre, qui facilite grandement les téléchargements, légaux ou non. « Le *peer-to-peer*, explique un des spécialistes de cette question, crée une demande d'élévation des débits, une demande additionnelle d'équipements associés au relèvement de leur utilité et, bien entendu, une demande fortement croissante de contenus [...]. Les contenus subventionnent en nature le déploiement des infrastructures et des équipements d'Internet. Ils jouent auprès de ce réseau une fonction analogue à celle des appels reçus gratuitement par les abonnés à la téléphonie mobile. À ceci près que ce ne sont plus les appelants du fixe qui paient, mais toute la chaîne de production et de distribution légale des contenus [1]. » Il avertit aussi qu'Internet, de plus en plus utile et de moins en moins cher, pourrait bien, à terme, devenir le « cheval de Troie de services payants sur un support groupé dont le modèle économique est celui du câble ».

L'univers de l'*open source*, du logiciel libre, est lui-même chargé d'ambiguïté. Il traduit sans doute le fait qu'à terme les logiciels seront, pour les plus répandus d'entre eux, à peu près gratuits. Ce sera la fin du modèle Microsoft, ce qui explique la frénésie des dirigeants de la firme de Seattle pour conquérir de nouveaux métiers. Cette évolution, ils la devront en partie à leurs concurrents. Il est bien connu en effet que les chercheurs qui développent, par un travail de haute qualité, les systèmes d'exploitation « libres » reçoivent des subventions d'entreprises telles qu'IBM ou Hewlett Packard, depuis longtemps décidées à casser le monopole de Microsoft. Encore une fois, rien n'est tout à fait gratuit.

La presse peut-elle être gratuite ?

La presse écrite étant victime du triomphe de la culture du gratuit, une question commence à tarauder les dirigeants des quotidiens, en particulier aux États-Unis : faut-il encore se battre

---

1. O. Bomsel, *Gratuit!*, *op. cit.*, p. 213.

sur le terrain de la presse imprimée payante? Le choix du *New York Times* en faveur de l'accès gratuit à son site d'information, les réflexions du *Wall Street Journal* ou du *Financial Times*, certes pour l'instant bien cantonnées au domaine d'Internet, ont relancé le débat parmi les experts à l'automne de 2007.

La presse quotidienne payante peut-elle prendre le même chemin et adopter elle aussi le modèle du « tout-publicité »? Sur le site spécialisé Follow the Media, Philip M. Stone croit à une telle évolution et plaide en sa faveur dans les années à venir, avec le calcul suivant : « Les revenus tirés de la vente des quotidiens rapportent en moyenne entre 15 et 20 % des recettes. Chacun sait que ces revenus diminuent tandis que le recrutement de nouveaux abonnés coûte toujours plus cher. Seule une augmentation massive de la diffusion pourrait éviter cette spirale[1]. » Et de citer l'exemple étonnant du *Manchester Evening News* (*MEN*), qui combine depuis 2006 un savant dosage de diffusion payée et de diffusion gratuite. À l'issue d'une longue étude et de délicates négociations, le journal régional a défini les quartiers et les entreprises où il serait distribué gratuitement. Objectif : toucher des jeunes et des cadres qui ne lisaient plus le journal. Un an après, la diffusion et les recettes publicitaires avaient bondi et

---

1. Follow the Media, *www.followthemedia.com*.

le *MEN* s'était imposé comme le plus puissant quotidien régional du Royaume-Uni. « S'il coûte moins cher de générer des revenus publicitaires que de conquérir des lecteurs payants — ce qui est le cas en général —, alors il sera logique de s'intéresser d'abord à l'augmentation du chiffre d'affaires publicitaire », confirme sur son blog un autre spécialiste des médias, installé à New York, le Français Jeff Mignon [1].

Comme nous l'avons déjà souligné, le gâteau de la publicité est convoité par une foule de nouveaux acteurs, ne laissant parfois que des miettes aux journaux et à leurs sites Internet. De plus, la production d'une information de qualité, c'est-à-dire qui prend le temps d'enquêter sur les faits qu'elle rapporte et qui fait travailler des journalistes hautement qualifiés, a de plus en plus de mal à se financer par la seule publicité, laquelle diminue au profit d'autres « supports ».

Si le gratuit ne peut donc pas devenir le modèle de tous les médias, le payant ne s'en heurte pas moins au fait que de moins en moins de gens, en particulier parmi les jeunes qui ont grandi dans la culture du gratuit, sont prêts à dépenser quelques euros pour s'informer. Radio, télévision, Internet et journaux gratuits leur apportent un minimum d'informations sans qu'ils aient à ouvrir leur porte-monnaie. C'est là

---

1. Media café, *http://mediacafe.blogspot.com/*.

un cercle mortifère, puisque chacun de ces « gratuits », sans toujours assurer son équilibre, ponctionne une part croissante des budgets publicitaires des journaux payants.

VIII

L'idéologie d'Internet

Le retour de l'utopie ?

Internet n'est pas seulement une technologie ou un média, c'est aussi une idéologie. Plus que toutes les autres innovations techniques qui l'ont précédé, Internet s'accompagne d'une vision du monde et d'un projet de société « révolutionnaires », qui ont contribué à son succès. On peut même dire que, sans cette construction idéologique idyllique, il n'aurait pas connu un succès aussi fulgurant et généralisé.

Le mariage de la technologie et de l'utopie est ancien. La voiture a été vendue comme un instrument de liberté pour l'homme (et pour la femme, dans une moindre mesure); Lénine promettait le communisme par le mariage des Soviets et de l'électricité; la télévision était figurée comme une fenêtre sur le monde, etc. Mais, depuis Martin Heidegger, Hans Jonas et différents apôtres de l'écologie, on avait cessé de penser que la technique pouvait être vraiment neutre. Beaucoup ont même appris à s'en méfier et certains en ont vraiment peur.

Le fait que l'ancêtre d'Internet — Arpanet — soit né d'une commande des militaires américains ne plaidait pas en sa faveur et ne permettait guère de construire des utopies humanistes. Sans doute est-ce pour cela que l'on a préféré, inconsciemment le plus souvent, privilégier l'apport des doux rêveurs scientifiques qui créèrent le Web et mirent cette « toile » au service des échanges savants entre les universités. Les blouses blanches et les pantalons de velours des chercheurs véhiculent une meilleure image que les uniformes et les képis des soldats.

Après sa phase militaire, le réseau, qui n'était pas encore mondial au début des années 1990, a connu une phase de triomphe mercantile. Quelques managers visionnaires ont compris très tôt — trop tôt? — que le numérique ouvrait une formidable opportunité au commerce. L'exemple paradigmatique en fut l'aventure de Jean-Marie Messier et de Vivendi. Dans cette phase marchande, les principaux acteurs du monde informatique ne ressemblaient ni à des utopistes ni à des philanthropes, mais à d'ambitieux capitalistes, dont la principale utopie était souvent la mégalomanie. Fabricants d'ordinateurs, marchands rapaces de logiciels ou supermarchés en ligne, le monde des nouvelles technologies ne bruissait que du crissement des dollars accumulés. Les cours des NTIC (nouvelles technologies de l'information et de la communication) flambaient en Bourse. Les *nerds* [1] de la Silicon Valley parlaient déjà de changer le monde, mais c'était surtout pour déculpabiliser et faire rêver les séminaires des nouveaux entrepreneurs. Au bout du compte, tout se terminait avec le calcul de l'Ebitda [2].

Le krach des valeurs technologiques et l'effondrement du Nasdaq, au début des années 2000, ont rendu ces Napoléon de la finance sinon plus modestes, du moins plus discrets. Ils ont su habilement s'effacer derrière les idéologues de leur nouveau monde. Le discours dominant est désormais celui des utopistes californiens et doux rêveurs, qui n'hésitent pas à croiser le fer avec les rapaces qui voudraient contrôler leurs nouveaux espaces de liberté — ou supposés tels. Ce sont ces idéologues, pourfendeurs des experts et apôtres de la gratuité, qui monopolisent la nouvelle pensée presque unique qui fait d'Internet un eldorado libertaire. Leurs arguments sont séduisants et ont l'apparence de l'évidence.

D'abord, c'est essentiel, Internet est moderne. Il incarne même toute la modernité, et ceux qui manifestent des réticences ou des craintes de-

---

1. Passionnés d'informatique. On parle aussi de *geeks*.
2. Acronyme d'*Earnings before Interest, Taxes, Depreciation and Amortization* (revenus avant intérêts, impôts, dotations aux amortissements et provisions).

vant son avancée inexorable sont des passéistes, sinon des réactionnaires. Comme la modernité est du côté du progrès, donc forcément du bien, elle nie toute légitimité au scepticisme technologique, qui est du côté du conservatisme, donc du mal. Il en va ainsi de toutes les valeurs qui accompagnent désormais les nouvelles technologies.

On ne parle plus que de « logiciels libres » (libre ici signifiant aussi gratuit), d'*open source*, *open office* (tout est « ouvert », donc d'accès libre), de journalistes citoyens, d'intelligence des foules, de création collective, de remise en question des experts et de contestation de tout ce qui est *top-down* (qui va du sommet à la base, qui est donc autoritaire et s'oppose à ce qui vient de la base et des communautés, qui est donc anti-autoritaire), de communautés libres et ouvertes et, finalement, d'une technologie qui serait le véhicule de l'épanouissement démocratique.

Excellents observateurs des transformations du monde numérique, mais également chantres de cette nouvelle idéologie, Francis Pisani et Dominique Piotet n'hésitent pas à sous-titrer leur livre « L'alchimie des multitudes[1] », reprenant très consciemment une expression emblématique du penseur révolutionnaire italien

---

1. D. Piotet et F. Pisani, *Comment le Web change le monde*, op. cit.

Antonio Negri, jadis proche des Brigades rouges et aujourd'hui maître à penser de l'altermondialisme et de la révolte des « multitudes » contre tous ces pouvoirs que le philosophe a qualifiés d'« Empire [1] ».

Il y a pourtant quelque chose de troublant dans ce mariage des rêves les plus utopiques, libertaires, égalitaires et ultradémocratiques, avec des entreprises qui sont avant tout de fabuleuses machines à *cash*. Comme si l'on voulait réconcilier la plus extrême liberté, un *flower power* post-moderne et technologique, avec l'enrichissement le plus ahurissant et le plus rapidement réalisé [2]. Cela mérite d'y aller voir d'un peu plus près, d'autant que ce n'est pas sans incidence sur l'avenir de l'information. Nous essaierons donc ici de visiter quelques-unes des « valeurs » véhiculées par Internet.

Le triomphe démocratique ?

« Je n'avais jamais réalisé que la démocratie offrait autant de possibilités, qu'elle avait un tel

1. Michael Hardt et Antonio Negri, *Empire* (2000), Éditions 10/18, 2004.
2. Pisani et Piotet introduisent d'ailleurs des nuances lorsqu'ils précisent que « les multitudes connectées entre elles, à la fois actives et participantes, produisent des résultats suffisamment positifs pour justifier leur participation et suffisamment aléatoires pour qu'il soit nécessaire de rester vigilant » (*Comment le Web change le monde, op. cit.*, p. 232).

potentiel révolutionnaire. Les médias, l'information, la connaissance, les contenus, le public, les auteurs, tout cela allait être *démocratisé* par le Web 2.0. L'Internet allait *démocratiser* les grands médias, le grand *business*, le grand gouvernement. Il allait même *démocratiser* les grands experts [1]. » C'est ainsi que l'auteur polémique Andrew Keen résume avec consternation son expérience de deux jours passés, en septembre 2004, dans une sorte de retraite-camping pour millionnaires et technophiles, sur la propriété de Tim O'Reilly, le richissime gourou du Web 2.0 et des nouvelles technologies de la Silicon Valley.

À l'époque, Keen était lui-même un jeune entrepreneur *high-tech*, et c'est à ce titre qu'il avait été invité en compagnie de « quelque deux cents autres utopistes » à la très sélecte réunion des FOO (*Friends of O'Reilly*) : « Ces amis de Tim O'Reilly ne sont pas seulement non conventionnellement riches et richement non conventionnels, mais ils sont aussi porteurs d'une foi messianique dans les bénéfices économiques et culturels de la technologie. » Moitié Woodstock, moitié séminaire de la Business School de l'Université de Stanford, le camp FOO est l'endroit où la contre-culture des années 1960 rencontre le marché libéralisé des années 1980

---

1. A. Keen, *Le Culte de l'amateur, op. cit.*, p. 14 (c'est l'auteur qui souligne).

et la technophilie des années 1990. C'est, dit Keen avec humour, la réunion de « l'establishment de l'anti-establishment ». Il va sans dire qu'il ne fut pas heureux lors de cette réunion des boy-scouts techno-millionnaires dormant sous des toiles de tente. Mais il en revint avec la conviction d'avoir découvert la nature réelle et « oxymorique » de la démocratisation revendiquée par les gourous technologues. Passionné de musique, il avait imaginé, explique-t-il, qu'Internet allait permettre, entre autres, une beaucoup plus grande diffusion des créations musicales de qualité. Il revint du FOO en concluant : « Internet ne visait pas à faire mieux connaître Bob Dylan ou les concertos brandebourgeois. Sur Internet, au contraire, le public et le compositeur ne font plus qu'un, et nous sommes en train de transformer la culture en une vaste cacophonie [1]. »

Keen touche là un point central : Internet se présente comme un immense espace de liberté et de démocratie où l'on a, selon ses apôtres, le sentiment que tout peut y être égal, que le spécialiste et l'amateur sont interchangeables, un monde où l'égalitarisme est la norme et où chacun devient créateur, inventeur, producteur. Pisani et Piotet affirment ainsi : « Notre hypothèse est que, depuis 2004, le Web a donné lieu à l'émergence d'une nouvelle "dynamique relationnelle", dans laquelle les vieilles apparte-

---

1. *Ibid.*

nances se dissolvent, les hiérarchies disparaissent pour un fonctionnement en réseau où le plus important est désormais le nombre de connexions, de liens, qu'on établit[1]. »

À propos des médias, ils ajoutent qu'aux « journaux traditionnels [...] mécaniques institutionnelles bien rodées dans lesquelles les réactions des lecteurs sont encore très souvent cantonnées à une petite rubrique courrier des lecteurs », s'opposent désormais « des millions de blogueurs passionnés, sans modèles de revenus, qui scrutent, analysent et partagent en temps réel sans se soucier d'aucun contrôle organisationnel ni d'aucune mécanique ». Parlant d'un « vrai mouvement participatif », ils citent Albert-Laszlo Barabasi, une figure de proue de la toute jeune science des réseaux, auteur du livre *Linked* (« Reliés »), selon qui « nous avons une société parce que les gens choisissent d'interagir[2] ». La technologie, ajoutent-ils, « ne suffit pas à expliquer le succès du Web d'aujourd'hui. Il correspond à une dynamique sociale préexistante à laquelle il permet de mieux s'exprimer. Il nous aide à mieux résoudre les problèmes qui la caractérisent[3] ».

1. D. Piotet et F. Pisani, *Comment le Web change le monde*, op. cit., p. 36.
2. Albert-Laszlo Barabasi, *Linked. How Everything is Connected to Everything Else and What it Means*, New York, Plume, 2003.
3. D. Piotet et F. Pisani, *Comment le Web change le monde*, op. cit., p. 43.

Il est clair que, pour ces auteurs [1], cette « nouvelle dynamique relationnelle » préfigure une forme de démocratie supérieure, le rêve ultime d'un « capitalisme communiste » où non seulement chacun disposera des choses selon ses besoins, mais chaque citoyen pourra faire entendre sa voix aussi fort que tous les autres. Chaque individu devenu internaute peut exprimer son droit à la parole. Les maîtres anciens, experts, journalistes professionnels, savants, auteurs, et surtout politiques, sont ramenés à la condition ordinaire de leurs semblables, dans un monde où tous les internautes sont égaux. Les réseaux rendent obsolètes toutes les hiérarchies. Pisani et Piotet parlent de l'émergence d'un « individualisme réticulaire », en réseau. Ni Dieu, ni maître, ni expert [2]. La culture n'est plus un acquis, le produit d'une histoire, mais une perpétuelle reformulation par des sujets aptes librement à se réinventer et à tout réinventer.

Internet, fait remarquer très justement Benjamin Loveluck [3], « constitue une formidable promesse d'égalité » et aussi « et surtout l'utopie

---

[1]. Qui, par ailleurs, décrivent remarquablement bien les innovations liées à Internet et se montrent méfiants à l'égard des dérives parfois trop mystiques de certains théoriciens d'Internet.
[2]. Dieu n'est pas toujours absent de ces idéologies, mais il s'y décline généralement au pluriel.
[3]. Benjamin Loveluck, « Internet, vers la démocratie radicale? », *Le Débat*, n° 152, septembre-octobre 2008.

d'une parole libre, sans instance de censure, voire un idéal de démocratie participative fondée sur la délibération permanente [...], la réalisation en cours d'une utopie politique à part entière : celle de la démocratie dans sa forme la plus pure », qui, notamment, fait disparaître toutes les instances intermédiaires.

La seule agrégation qui paraît trouver grâce dans cet univers horizontal a pour nom « communauté ». Le terme fait écho à une vieille tradition américaine. Aux États-Unis, on sait qu'elle fonde la démocratie, conçue aux origines comme un ensemble de communautés jalouses de faire respecter leurs libertés. Mais cette assimilation, souvent faite avec ce que l'on trouve sur Internet, est trompeuse. Les communautés « réticulaires » d'Internet s'entendent presque en sens inverse : elles sont celles d'individus sans attache. Ce sont des communautés *ad hoc*, bâties autour d'un centre d'intérêt commun, d'un *hobby*, d'une croyance partagés. Autant les anciennes communautés étaient englobantes, étouffantes même, ne permettant aux individus d'exister qu'à travers le tout, autant les communautés réticulaires sont « fluides » — on en sort en un clic — et peu compromettantes. Elles n'engagent jamais l'individu dans son ensemble, ni pour longtemps. Il y « surfe » et ne doit rien à personne. Elles sont le plus souvent des agrégations d'individus qui s'ignorent totalement, chacun pouvant rester dissimulé derrière l'anonymat d'un pseudonyme. Il n'y a rien de moins communautaire que ces communautés-là [1].

En revanche, leur développement exponentiel sur les sites « sociaux » vaut de l'argent. Il fonde la valeur économique d'entreprises qui ont nom Facebook, YouTube, Copains d'avant, Flickr ou MySpace : leur valeur marchande, et la possibilité d'être vendues et revendues sur le marché, est directement proportionnelle à l'ampleur des communautés qui s'y retrouvent « gratuitement ». Autrement dit, la présence et le travail gratuit des internautes valorisent la marque. Il en va de même des sites de classement, où les internautes enregistrent leurs préférences (leur hit-parade des meilleurs livres, disques, articles, etc.), et de ceux où les utilisateurs apportent leurs « critiques » (un site tel que TripAdvisor, où sont regroupés les avis des utilisateurs sur les hôtels dans le monde, connaît un immense succès). Les utilisateurs apportent de la valeur suivant le principe : « Vous fournissez le contenu ; ils gardent les revenus. » Étonnant mariage du gratuit libertaire au service de la création de valeur.

---

1. On met bien sûr à part les groupes — sectes, groupes terroristes, organisations politiques ou religieuses — pour qui les sites Internet sont des boîtes aux lettres ou un moyen de pression de « communautés » existant en dehors d'Internet. Les communautés dont nous parlons n'existent que sur Internet.

Un monde sans experts ?

Cette conception égalitariste du monde entraîne, on l'a dit, une destitution de l'expert. Si la valeur — intellectuelle et matérielle — se crée par l'action des individus, si l'expression collective conduit à une connaissance, ou à une vérité, égale ou supérieure à celle des experts, nous n'avons plus besoin d'experts. Plus rien ne légitime leur autorité, leur « domination ».

La meilleure illustration de cette idée porte un nom : Wikipédia, l'encyclopédie « coopérative » en ligne, où chacun peut apporter sa contribution aux définitions qui s'y accumulent. À la fin de 2007, on pouvait y lire plus de 5 millions d'articles dans plus de deux cents langues (500 000 en français) et plus de 100 000 personnes y avaient créé ou modifié un minimum de 10 articles. L'entreprise a suscité autant d'enthousiasme que de critiques. Elle apparaît désormais en tête de la plupart des pages de Google, proposant des définitions qui deviennent une source de plus en plus utilisée par ceux qui écrivent sur Internet, dans les journaux ou par les étudiants (et certains de leurs professeurs).

Les critiques sur sa fiabilité sont nombreuses, mais elles se trompent souvent de cible. À ceux qui soulignent les risques d'erreur, les défenseurs de Wikipédia répondent qu'il n'y en a guère plus que dans la vénérable *Encyclopædia Britannica*. Ils oublient de préciser que, pour quantité d'entrées, les textes que l'on y trouve sont peut-être dépourvus d'erreurs, mais autrement plus pauvres que ceux de la *Britannica*. De plus, l'intervention massive des passionnés de technologie donne à Wikipédia une coloration technophile, sinon technomaniaque, qui peut agacer. En juin 2007, Michael Arrington, de TechCrunch, faisait observer que l'article consacré au sabre laser dans *Star Wars* était beaucoup plus complet que celui sur la guerre moderne [1].

L'idéologie qui préside à cette entreprise, et c'est là l'essentiel, repose sur la conviction que, collectivement, les individus peuvent produire un savoir équivalent, sinon supérieur, à celui des experts. La parole du chercheur spécialisé est, au mieux, placée au même niveau que celle de l'amateur. On retrouve une fois encore l'idéologie égalitaire, « basiste », qui plonge ses racines dans un mélange de post-gauchisme et de relativisme post-moderne. « Maintenant l'expert c'est tout le monde, comme le montre Wikipédia, soutient ainsi le philosophe David Weinberger. Le savoir qui s'en dégage est souvent meilleur que celui que l'on aurait pu

---

1. Cf. D. Piotet et F. Pisani, *Comment le Web change le monde*, *op. cit.*, p. 121.

attendre d'un seul individu. L'expert ne disparaît pas, mais on assiste à *une sorte de négociation sociale du savoir*[1]. » De la négociation du savoir à la valeur relative de la vérité il n'y a qu'un tout petit pas.

Il est injuste d'accuser le monde de Wikipédia, et de tous les « wikis » faisant appel à la collaboration des utilisateurs, d'être celui du mensonge, même s'il peut parfois servir à quelques manipulations. Son principal défaut est plutôt d'être celui du consensus mou. Au bout du compte, une fois que la vérité a été bien « négociée », on se met d'accord sur un plus petit dénominateur commun. Ou alors on place côte à côte les « différentes thèses », et si l'on ne va pas jusqu'à accorder « une minute pour Hitler, une minute pour les juifs », on peut, comme c'est de plus en plus le cas aux États-Unis, exposer sur le même plan les théories darwiniennes de l'évolution et celles des créationnistes. On aurait tort de penser que cela ne concerne pas l'Europe. Quelques débats autour des « valeurs de l'islam » devraient nous alerter. Chez nous aussi, un jour, 2 + 2 feront peut-être 5.

C'est ce « culte de l'amateur » que dénonce avec virulence Andrew Keen. À titre d'illustration de ses inquiétudes, il raconte qu'un expert atomiste lui avait montré que, « lorsqu'on

1. Cité dans *ibid.*, p. 115 (c'est nous qui soulignons).

cherche l'expression "réacteur nucléaire" sur Wikipédia, on ne trouve pas la réponse d'une encyclopédie digne de ce nom, mais seulement ce que disent les gens qui ont une connaissance générale de la question et ce qu'ils estiment que les gens peuvent comprendre ». Keen ajoute : « Au nom de la démocratisation, on affaiblit la vérité, on pervertit le discours civique et on rabaisse l'expertise, l'expérience et le talent. [...] la révolution du Web 2.0, en réalité, ne nous fournit qu'un regard superficiel sur le monde au lieu d'analyses approfondies, des opinions péremptoires au lieu de raisonnements équilibrés. Le métier de l'information a été transformé par Internet en production de bruit par une centaine de millions de blogueurs parlant d'eux-mêmes tous en même temps [1]. »

Tous journalistes ?

C'est en effet la démocratisation supposée de l'information et le triomphe d'un relativisme journalistique qui ont donné une légitimité à l'explosion des blogs, sites animés, en général, par des journalistes amateurs. Les blogs de professionnels sont d'une autre nature, prolongeant et complétant, sur un mode plus personnel, le travail que le journaliste mène dans son

---

[1]. A. Keen, *Le Culte de l'amateur, op. cit.*, p. 16.

organe d'information; ils sont aussi généralement moins interactifs que les blogs d'indépendants, dont la vocation est de dialoguer avec les lecteurs.

Le blogueur amateur se pose à la fois en critique du journalisme traditionnel et en producteur d'une information qui serait plus vraie — ce qui ne veut pas dire plus exacte — parce que provenant de gens dont ce n'est pas le métier. De même que l'expert a perdu une partie de sa légitimité, le journaliste professionnel doit se plier à la passion pour l'égalité des citoyens d'Internet. Un des plus célèbres de ces journalistes « amateurs », Matt Drudge[1], se félicite que « le Net donne une voix aussi puissante au fana d'informatique comme moi qu'au P-DG ou au président de la Chambre des représentants. Nous devenons tous égaux[2] ».

Dan Gillmor, un temps chroniqueur du *San Jose Mercury News*, spécialiste des nouvelles technologies et militant du « journalisme citoyen », explique que l'information devrait être une « conversation » entre citoyens égaux et non une

1. Il est l'animateur du Drudge Report, qui accéda à une large notoriété en révélant l'affaire Monica Lewinsky. Il reste un des blogs les plus fréquentés, proposant surtout des commentaires et colportant, souvent sous la signature de son fondateur, de nombreuses rumeurs. En l'occurrence, son amateurisme consiste surtout à pouvoir s'affranchir des règles déontologiques, car son blog est devenu son moyen d'existence.
2. Cité par A. Keen, *Le Culte de l'amateur, op. cit.*, p. 47.

« leçon » donnée par un spécialiste[1]. Un autre blogueur va plus loin encore en assurant que le « bloguing est l'eBay-isation des médias : tout le monde peut être un acheteur et un vendeur », défendant ainsi l'idée que chacun a compétence pour s'exprimer sur n'importe quel sujet. Tous prétendent que l'on est passé du journalisme où une personne parlait à toutes les autres à une forme plus démocratique où tout le monde parle à tout le monde (dit en anglais : on est passé du *one to many* au *many to many*).

Cette idéologie égalitaire se double d'un soupçon : le journalisme traditionnel cacherait la vérité. Par intérêt, conviction ou arrogance, il ne dirait pas tout ce qu'il sait, complice des élites au lieu d'être au service des gens. Et il est vrai que des dérives, des compromissions et un manque de sérieux ou de travail d'une partie des journalistes ont nourri cette suspicion. Il est de surcroît certain que l'intervention des citoyens peut contribuer à rendre sérieux et vigilance aux « professionnels ». La quasi-unanimité des médias français en faveur de la Constitution européenne en 2005, on l'a dit, avait spectaculairement montré le décalage qui peut exister entre les médias et la population d'un pays. Ce n'est généralement pas leur volonté de

---

1. Dan Gillmor, *We the Media. Grassroots Journalism by the People, for the People*, Sebastopol (Californie), O'Reilly, 2006. Dan Gillmor a aujourd'hui délaissé le bloguing, avouant un échec, et enseigne dans une université de l'Arizona.

manipulation que l'on doit reprocher aux grands médias, mais leur conformisme. Il est vrai aussi que la multiplication des contributions aux débats, rendue possible par la technologie, peut enrichir l'information.

Néanmoins, l'apport des amateurs ne peut remplacer la spécificité du travail des journalistes professionnels lorsqu'ils respectent des règles déontologiques, vérifient avant de publier et, finalement, font sérieusement ce qui est d'abord un métier. La multiplication des points de vue, leur foisonnement incontrôlé et souvent anonyme ne contribuent pas forcément à l'intelligence des événements. L'écrivain Arthur Miller considérait qu'un « bon journal c'est la Nation qui dialogue ». Mais, justement, un journal est « édité », raisonné ; ses responsables opèrent des choix, organisent des hiérarchies. Autrement dit, un tel journal exige, comme toute institution participant à la démocratie, un minimum de médiation et d'organisation du débat.

Faute de cela, on court le risque de la cacophonie, de la manipulation, mais aussi, comme on l'a déjà noté, d'un enfermement des internautes dans leur famille idéologique. Dans ce cas, de plus en plus fréquent, ils ne se parlent plus qu'entre convaincus, ce qui contribue à radicaliser les opinions et à favoriser les extrémismes. La médiatrice du *Monde* a relevé ce phénomène à propos des conflits communautaires[1]. Elle cite un correspondant du journal en Israël qui explique : « Les militants de part et d'autre prennent position sur leurs sites. Ce genre d'informations enferme les gens dans leurs certitudes. Tout ce qui n'entre pas dans cette grille est perçu comme irrecevable, voire agressif. Les gens n'ont plus l'habitude de l'information contradictoire. » Véronique Maurus ajoute que « le raisonnement s'applique parfaitement aussi au cas belge, comme à la plupart des conflits communautaires aigus ».

La fatigue des blogueurs

L'idée qu'une « autre information est possible » s'est en réalité beaucoup affaiblie. Les blogs d'information ont eu tendance à se professionnaliser — Huffington Post aux États-Unis ou LePost en France —, souvent autour de thèmes pointus, en particulier des nouvelles technologies et de la consommation. On sort de l'univers des blogs avec Trip-Advisor (conseils pour le voyage) ou Technorati (nouvelles technologies).

On doit aussi constater la « fatigue » des pionniers du blog. Certains, on l'a vu avec Dan Gillmor, sont allés gagner leur vie ailleurs. D'autres, comme Loïc Le Meur, « blogueur-entrepreneur » français, se sont simplement mis au

---

1. Véronique Maurus, *Le Monde*, 14-15 septembre 2008.

service de la propagande des hommes politiques. Le Meur chez Sarkozy, pendant que d'autres allaient chez Ségolène Royal. Il serait trop facile de se moquer de ce « nouveau journalisme ». Versac, l'un des blogueurs français les plus connus, a décidé en 2008 d'arrêter parce que, dit-il, sa notoriété était devenue un handicap : « J'ai été propulsé dans l'économie médiatique, celle des petites phrases, de la starification, sans accepter d'en jouer le jeu. J'ai tenté de rester, sur mon blog, dans l'exercice que je pratiquais depuis toujours : des logiques de conversation, des petites choses glanées ici et là, sans trop de contrôle[1]. » Il reconnaît très honnêtement ne plus savoir le faire. Jason Calacanis, un célèbre blogueur américain, a également mis fin à son expérience au milieu de l'année 2008. Fermant son blog, il a ouvert une *mailing-list* pour trouver un lieu de conversation « plus intime » avec un nombre plus limité d'interlocuteurs. « Aujourd'hui, commente-t-il avec amertume, la blogosphère est si lourde, polarisée, et il y a tellement de gens haineux que ça ne vaut plus la peine[2]. »

Narvic, un des blogueurs français les plus subtils, met en garde contre « ceux qui nous ont

---

1. Sur son blog versac.net.
2. Selon une étude publiée par le centre Simon Wisenthal, en mai 2008, le nombre de sites prônant la haine et la violence aurait augmenté de 30 % en 2007. Cette violence des sites se retrouve dans nombre de commentaires sur les blogs.

dit [...] que ces contenus allaient remplacer ceux produits par les vieilles industries de la culture et des médias, que c'était une révolution démocratique où les méchants seraient remplacés par des gentils, et que, de surcroît, le promoteur de ce merveilleux programme se faisait fort de se faire beaucoup d'argent dans cette opération. C'est ça le message du Web 2.0, et je l'ai bien entendu. Et c'est ce message-là, pure idéologie, qui se dégonfle à mon avis. À ma grande satisfaction [1] ».

Versac souligne le paradoxe de nombre de ces amateurs qui aspirent à un statut professionnel. « Beaucoup, dit-il, cherchent à émerger et publier largement, dans le but de vivre de leur blog. Peu y arrivent — je connais, en France, des dizaines de blogueurs aux Assedic —, mais beaucoup essaient, le plus souvent en faisant ce qu'il ne faut pas faire : en singeant, recopiant, nourrissant le bruit avec encore plus de bruit. Ce ne sont pas des blogs au sens de "média personnel de discussion", mais des petits médias d'agrégation et de commerce, des attrape-moteurs [2]. »

Avec une grande lucidité, ce pionnier de la « blogalaxie » nous fait comprendre que le phénomène aura peut-être joué, pour le commerce en ligne, le même rôle que les radios libres dans

---

1. Sur son blog Novövision.
2. Sur son blog versac.net.

les années 1980, qui avaient en quelque sorte préparé le *business* des nouvelles radios commerciales de type NRJ. Les jeunes qui, au début de ces années, étaient descendus dans la rue pour défendre le « droit » de cette radio d'émettre à pleine puissance ne savaient pas qu'ils prépareraient son entrée en Bourse. Tout se passe comme si le rêve des blogueurs, après celui des libertaires de la radio, avait préparé le terrain aux spéculateurs, habiles à « monétiser » les illusions et les bonnes volontés.

L'intelligence des foules ?

« La sagesse des foules [1] » est un autre avatar de cette idéologie d'un Internet démocratique et égalitaire. L'idée est longuement développée chez un auteur à succès américain, James Surowiecki, qui vante les vertus créatrices, et parfois divinatoires, desdites foules. Celles-ci, à certaines conditions de bonne information, seraient plus capables de résoudre des problèmes complexes que ne le sont des experts. Surowiecki en donne plusieurs exemples, notamment celui d'une foule dans un marché aux bestiaux qui fournit le poids exact d'un taureau, en faisant la moyenne de quelque huit cents réponses. Le

---

1. James Surowiecki, *La Sagesse des foules* (2004), Lattès, 2008.

plus intéressant est sûrement quand il raconte comment « le marché », c'est-à-dire la Bourse de New York, « trouva » le responsable de l'explosion de la navette spatiale Challenger, en 1986, en sanctionnant fortement et immédiatement l'entreprise qui avait fabriqué les joints du vaisseau spatial. C'est seulement après des mois d'enquête des experts que l'on arriva à la conclusion que l'explosion avait en effet été provoquée par un joint défaillant. Magnifique intelligence des foules, qui avait trouvé le responsable de la catastrophe bien avant les experts !

Sauf que Surowiecki nous sert ici la vulgate de la théorie des marchés rationnels. Un marché, dans des conditions d'information satisfaisante et bien répartie, est censé agir « rationnellement ». On passe ainsi de la sagesse des foules, discours qui comporte l'idée d'une démocratie de la connaissance, à la célébration des marchés efficients. Est-ce vraiment un hasard ? Inutile d'insister sur la réfutation de ce discours, dont l'auteur lui-même montre parfois les limites, mais pour en préserver l'essentiel. Les foules sont souvent stupides — en Europe, par exemple, elles se sont précipitées fleur au fusil dans la boucherie de la Grande Guerre —, mais les marchés aussi. De la faillite d'Enron à la crise des *subprimes*, en passant par l'effondrement de la banque Lehman Brothers, ils ont encore démontré qu'ils manquaient souvent de la plus élémentaire clairvoyance.

Une « longue traîne » un peu courte ?

Chris Anderson, le rédacteur en chef de *Wired*, avait lui aussi trouvé une de ces idées qui font fureur chez les internautes et les sectateurs des nouvelles technologies : le phénomène qu'il a baptisé *the long tail*, que l'on traduit pudiquement en français par « la longue traîne ». Il estimait que, grâce à la numérisation, en particulier celle des morceaux de musique, on pouvait désormais vendre avec profit même des produits qui ne trouvent que quelques acheteurs. Une fois numérisée, la musique n'a plus de coût de stockage ni même de livraison et, nous disait-il, tout produit offert sur Internet trouve toujours quelques acquéreurs prêts à payer. La « traîne » c'est, sur un diagramme, la ligne infinie des produits qui se vendent en petite quantité.

Anderson en concluait que nous allions vers une situation où il y aurait moins de *hits*, quelques *best-sellers*, plus rares qu'aujourd'hui, et une infinité de produits vendus en petite quantité, mais tous rentables. On pouvait donc, assurait Anderson, faire beaucoup d'argent en ayant une offre presque infinie. De cette théorie, présentée en 2006, certains ont déduit que tout, y compris des articles de journaux, pouvait bénéficier du même principe et que tout article mis sur Internet finirait par trouver ses lecteurs, tout site installé sur la Toile serait visité par au moins quelques internautes.

Comme beaucoup des théories qui fleurissent sur la côte Ouest des États-Unis, entre San Francisco et Los Angeles, l'idée fit très vite le tour du monde. Elle souleva l'espérance chez les spécialistes du marketing et fit l'objet de nouveaux rêves chez les internautes, qui espèrent en un monde où tout sera utile et communicable. Malheureusement, ou peut-être heureusement, les Américains sont aussi des pragmatiques, et la réplique est venue de la côte Est, dans un article publié par la *Harvard Business Review*[1]. L'auteur, Anita Elberse, professeur de *business administration* à Harvard, a essayé de vérifier expérimentalement, dans des magasins proposant des dizaines de milliers d'articles, toutes ces belles idées.

Les résultats sont décevants pour les rêveurs. Le professeur Elberse a découvert que, sur Internet, les *blockbusters*, les ventes massives d'un disque, connaissent encore plus de succès que sur les marchés traditionnels et qu'en plus les consommateurs n'achètent pas autant de produits de niche que le supposait Chris Anderson. « Très vite, écrit-elle, on trouve dans la traîne de plus en plus de produits qui se vendent rarement ou jamais. Au lieu de s'étoffer, la

---

1. Anita Elberse, « Should You Invest in the Long Tail? », *Harvard Business Review*, juillet-août 2008.

traîne devient de plus en plus longue et plate. »
Le phénomène du *winner takes all* (« le vainqueur ramasse tout ») n'est pas du tout obsolète, et l'importance des *best-sellers* sur Internet, loin de s'atténuer, augmente. De quoi désespérer un peu plus ceux qui voyaient dans la *long tail* une nouvelle manifestation de la démocratisation — cette fois de la consommation — engendrée par Internet.

Post-modernes ou post-humains ?

Parler d'une idéologie d'Internet n'a rien d'exagéré. On l'a vu avec tout ce qu'elle nourrit de désir de démocratie et d'égalité. On le vérifie encore, non sans un certain effarement, lorsqu'on découvre les prises de position de quelques-uns des principaux acteurs du monde numérique, qui ne sont pas loin de faire d'Internet une nouvelle divinité, ou à tout le moins quelque chose qui permettra de dépasser la condition humaine.

Ce projet prométhéen est particulièrement présent dans les intentions des fondateurs de Google, Larry Page, informaticien de Californie, et Sergey Brin, mathématicien né en Russie. Tous deux s'étaient rencontrés, jeunes étudiants, à l'Université de Stanford, en Californie, et s'étaient associés pour lancer, en 1998, leur célèbre invention. Leur projet ne s'est jamais limité à fabriquer un moteur de recherche, ni même à créer l'une des plus formidables entreprises de l'ère Internet, en passe de devenir un nouveau monopole. Plus que tout, ils ambitionnaient de synchroniser leur technologie avec les cerveaux humains. Et ils ne s'en sont jamais cachés : « Si vous voulez avoir accès à autant d'informations que possible pour décider ce que vous devez faire dans les meilleures conditions, la solution c'est de ne pas limiter l'information que vous recevez. Finalement, vous souhaiterez avoir toute l'information disponible dans le monde directement dans votre cerveau [1]. »

Les fondateurs de Google, comme un certain nombre d'autres « génies » de l'informatique, explique Nicholas Carr, un des meilleurs spécialistes de cet univers, rêvent de mettre au point une « forme d'intelligence artificielle qui augmentera les capacités de l'homme ou même remplacera le cerveau humain [2] ». Larry Page l'a également expliqué lors d'une conférence à Stanford : « Le moteur de recherche parfait, c'est quelque chose d'aussi intelligent que l'humain, ou même plus. Pour nous, travailler sur les fonctions de recherche est une manière de travailler sur l'intelligence artificielle [3]. » Dans une interview accordée à l'agence Reuters, en février 2004,

---

1. « Google Guys », *Playboy*, août 2004.
2. N. Carr, *The Big Switch*, *op. cit.*
3. *Ibid.*, p. 212.

il ajoutait : « Une des choses les plus excitantes, c'est d'imaginer que Google va augmenter votre intelligence. Par exemple, vous pensez à quelque chose et votre téléphone portable vous murmure la réponse à l'oreille. Peut-être qu'un jour on pourra se déplacer avec une version miniature de Google que l'on pourra implanter directement dans notre cerveau. » Ailleurs, il affirmait : « Nous voulons créer le meilleur moteur de recherche et il devrait être capable de tout comprendre dans le monde[1]. »

Bill Gates aussi, le patron emblématique de Microsoft, estime que le mélange de l'ordinateur et de l'homme est quelque chose d'inévitable. « Nous aurons des compétences exceptionnelles. Et il me semble évident que Microsoft comme Google ont pour objectif de créer des interfaces entre l'homme et l'ordinateur qui seront commercialement profitables[2]. » Chez Gates, l'homme d'affaires n'est jamais loin, et il n'a pas oublié que, s'il n'est peut-être pas un génie de l'informatique, il en est sûrement un du marketing.

Des chercheurs estiment désormais que l'établissement d'un lien direct entre le cerveau et Internet pourrait devenir une réalité aux alentours de 2020[3]. Mi-ironique, mi-inquiet, Nicho-

1. *Ibid.*, p. 213.
2. *Ibid.*, p. 215.
3. *Ibid.*, p. 214. Il s'agit d'une étude conduite en 2006 par The Office of Science and Innovation du gouvernement britannique.

las Carr écrit : « Cela offrira aussi la possibilité de contrôler le comportement humain avec des moyens digitaux. Nous deviendrons programmables nous aussi [1]. » Nous sommes proches de la vision d'un Stanley Kubrick tournant, en 1968, son film *2001 : l'Odyssée de l'espace*, dans lequel l'ordinateur HAL 9000 prend le contrôle du vaisseau spatial. Nos modernes visionnaires estiment qu'en accumulant de plus en plus de données, fournies par les hommes qui consultent Internet, les ordinateurs finiront par développer une intelligence artificielle supérieure. « Nous ne scannons pas tous ces livres pour que les gens les lisent, avoue ainsi un ingénieur de Google ; nous les scannons pour qu'ils puissent être lus par une intelligence artificielle [2]. » Eric Schmidt, P-DG de la société de Moutain View et redoutable homme d'affaires, l'affirme sans détour : « Ce que nous avons toujours voulu construire c'est une intelligence artificielle plus intelligente que nos cerveaux [3]. »

Il y a quelque chose de profondément troublant à entendre de tels discours dans la bouche de quelques-uns des principaux acteurs d'Internet. Même si l'on hésite à les prendre totalement au sérieux, et même si l'on y détecte quelque stratégie de marketing, on ne peut qu'être

---

1. *Ibid.*, p. 217.
2. *Ibid.*, p. 223.
3. *Ibid.*, p. 225.

d'accord avec ceux qui estiment qu'Internet est en train de bouleverser nos manières de penser et de faire usage de notre intelligence. « Le médium n'est pas seulement le message, écrit Carr; le médium est aussi de l'intelligence. Il conditionne ce que nous voyons et comment nous le voyons. La page imprimée, le médium d'information dominant pendant cinq siècles, a modelé notre manière de penser [...]. Internet privilégie l'immédiateté, la simultanéité, le hasard, la subjectivité, la disponibilité et avant tout la vitesse. Sur Internet, nous sommes comme obligés de glisser à la surface des informations en avançant à toute vitesse de lien en lien[1]. »

Recevant de plus en plus de données, nous devenons les neurones du Web, et, en même temps, nous répondons aux impératifs commerciaux de cette immense machine. Si l'on devait écouter ces nouveaux prophètes, nous finirions par croire qu'ils vont recréer Dieu et que Dieu sera désormais le grand commerçant.

---

1. *Ibid.*, p. 228.

IX

Survivre, mourir, renaître

Comment la presse peut-elle se transformer pour avoir une chance de survivre ?

À Göteborg, en Suède, le premier orateur du Congrès mondial des journaux (World Editors Forum) donne le ton, ce 3 juin 2008, devant plus d'un millier d'éditeurs, de managers, de journalistes, venus de cent dix pays, avides de partager leurs incertitudes et leurs expériences, et surtout de trouver « la » solution à leurs problèmes. Il y a là beaucoup d'Européens et d'Américains du Nord et du Sud, mais seulement une poignée de Français.

L'homme qui monte à la tribune est américain. Dean Singleton dirige à cinquante-deux ans le quatrième groupe de presse régionale aux États-Unis, le MediaNews Group (cinquante-quatre quotidiens, dont le *San Jose Mercury News* et le *Denver Post*, autant d'hebdomadaires, des radios et quelques chaînes locales de télévision). Il aime raconter qu'à vingt et un ans à peine, tout jeune journaliste, il a acheté sa première entreprise de presse, un petit journal local. Singleton a « consacré sa vie au papier ». Avec un humour grinçant et un franc-parler qui a souvent agacé ses rédactions, il s'est taillé une réputation de patron efficace et peu diplomate.

« À l'avenir, commence-t-il d'une voix de prédicateur, il n'y aura que deux catégories de quotidiens, les survivants et les morts. Dix-neuf des cinquante plus grands quotidiens locaux américains perdent déjà de l'argent, et ce nombre ne va cesser d'augmenter [...]. Bien sûr, comme ancien journaliste, moi aussi j'ai la nostalgie du bon vieux temps, mais il ne reviendra pas. » Dean Singleton ne prend pas de gants devant ses pairs : « Il y a trop de geignards parmi les éditeurs, les journalistes et les syndicats qui persistent à aboyer dans la nuit, en pensant qu'ils la feront fuir. Ils chérissent avec nostalgie notre histoire, comme s'ils pouvaient la faire revivre, comme si nous pouvions embaucher à nouveau indéfiniment dans les rédactions. Non ! L'espace consacré à l'information et la taille des rédactions vont continuer de diminuer. »

« Pendant trop longtemps, poursuit-il, l'industrie des journaux a été immunisée contre les risques mortels. Elle a perdu l'habitude de se battre pour survivre dans une compétition sauvage. Pensez à l'automobile, à la grande distribution ou aux transports aériens. Tous ces secteurs ont connu des drames, des crises, des bouleversements radicaux. Des entreprises sont mortes, d'autres ont fusionné, mais les meilleures n'ont jamais baissé la garde et ont dû se réinventer sans cesse pour continuer de vivre et d'avoir des clients. [...] Sommes-nous prêts à affronter une compétition aussi radicale et incessante ? Sommes-nous capables d'agir dans l'urgence, d'innover, de prendre des risques en lançant de nouveaux produits ? Saurons-nous gérer avec plus d'efficacité notre vieil héritage, tout en nous déployant sur de nouveaux fronts ? Saurons-nous attirer de nouveaux talents pour réussir cette révolution ? » Ce patron américain veut y croire, mais il ne se cache pas pour autant que, pendant le voyage, la météo ne sera pas bonne : « Comme si ces épreuves ne nous suffisaient pas, nous devons agir alors même que l'économie américaine et peut-être toute l'économie mondiale entrent dans une récession plus terrible que tout ce que nous avons connu dans le passé. »

Tel fut « l'esprit de Göteborg », qui restera comme un moment rare où les grands patrons d'un secteur se sont présentés sans fard, dos au mur, mais en tenue de combat.

Le rêve de la table rase

Dans cette ville suédoise calme et sans charme, Singleton n'est pas le seul à entonner l'antienne churchillienne de la sueur et des larmes. Beaucoup rêvent de se débarrasser d'un passé trop lourd, comme on jetterait par-dessus bord la cargaison d'un navire en pleine tempête pour lui éviter le naufrage. Plusieurs groupes américains, parmi les plus grands et les plus prestigieux, ont appelé à leur chevet de célèbres cabinets de *management*. Bain Consulting, par exemple, est sous contrat avec trois d'entre eux, Hearst Newspapers, Freedom Communications et le MediaNews Group. Objectif proclamé : la table rase.

« Si nous repartions de zéro, lance encore Singleton, en sachant ce que l'on sait de la nouvelle économie des médias, quelle entreprise aurions-nous ? Comment serions-nous organisés ? Combien serions-nous ? Avec quels savoir-faire ? [...] Voilà ce que nous avons demandé aux experts de Bain. » Ce cabinet a en réalité aussi pour mission urgente de trouver les moyens de réduire de 30 % les coûts d'exploitation de MediaNews, « sans abîmer ses activités », bien sûr. « Notre entreprise va beaucoup changer », promet-il, sûr de son effet, avant d'ajouter : « L'avenir est un peu effrayant, je l'admets, mais aussi très excitant. »

Tout le monde n'a pas le même enthousiasme, le même appétit pour ouvrir ce gigantesque chantier et s'attaquer aux fondations des entreprises de médias. Un expert avisé de ces grandes rencontres internationales remarque que, partout dans le monde, de nombreuses familles propriétaires de médias d'information ont déjà tenté de vendre leurs activités — et y ont parfois réussi —, effrayées par l'ampleur, les risques financiers et les inconnues de la mutation à l'œuvre.

Signe que ce changement d'époque gagne aussi la France, les grosses têtes du cabinet McKinsey proposent désormais aux grands groupes multimédias d'ouvrir la porte de leurs rédactions à des spécialistes du *manufacturing* : un très gros mot dans la presse française. Dans l'industrie, ces ingénieurs rois du *process* et de la « rationalisation » réinventent les circuits de fabrication et toute la mécanique des chaînes de production d'objets standardisés ou de transformation d'une matière première. Ces experts entendent faire de même avec la production d'information à l'heure du multimédia : comment produire pour plusieurs supports, du *print* à Internet, de la photo à la vidéo, du *podcast* au magazine? Comment faire voyager une information de sa source à ses différentes mises en forme, en mots, en sons, en images, *on* et *off line*? Quels savoir-faire et technologies rassembler? L'ambition est de réinventer la « fabrique » de l'information, de faire place aux nouveaux métiers et donc de bousculer sans ménagement les vieilles structures, les bureaucraties d'entreprise et les effectifs traditionnels.

Après quelques décennies d'attentisme, de

nombreux groupes de presse se sont engagés dans des réorganisations spectaculaires. Restructurations, rationalisation des coûts, investissements colossaux, constitution de groupes médias, alliances avec des concurrents, innovations multiples et dans tous les domaines : l'offre éditoriale, le numérique, le marketing, la distribution, l'impression...

Au Cap, en Afrique du Sud, lors de l'édition précédente du Congrès mondial des journaux, en juin 2007, quelques envolées lyriques avaient donné la mesure de la prise de conscience : « Nous avons tous le même job : faire muter une société éditrice de contenus en une compagnie de services d'information et de divertissements » ; « Ce n'est pas une évolution, mais une révolution. On touche au cœur même de la fabrique des informations et des contenus » ; « Nous ne sommes plus une entreprise de presse, mais une entreprise numérique qui a des journaux ».

Les hérauts de cette révolution s'accordaient sur un constat : « C'est la rapidité de la mutation qui fera la différence. » « Vitesse » était le mot clé de la plupart des orateurs. Cela allait d'ailleurs tellement vite que nul ne se risqua à décrire le paysage des médias dans cinq ans seulement.

Une expression fait aujourd'hui florès : le « média global ». De l'*International Herald Tribune* à Europe 1, d'*El País* à *L'Espresso*, tous promettent de devenir au plus vite un « média global », une « Multimedia News Compagny », selon le mot de Carlo De Benedetti, un « hypermédia » capable de produire de l'information sur le papier, le Web et le téléphone, de diffuser du son, du texte, de l'image et de la vidéo en continu. Certains vont jusqu'à ajouter que s'informer n'est plus un *commitment*, c'est-à-dire un acte volontaire, une quête citoyenne. Dans un monde saturé de messages, l'information serait devenue une *commodity*, un produit de base, qu'il faudrait rendre disponible comme l'eau, l'électricité ou le téléphone, afin que chacun puisse la consommer quand il veut, où il veut et sous la forme qui lui convient.

La « News Factory »

Quelques pionniers ont lancé le mouvement en s'attaquant d'abord à la « machine » éditoriale : « Comment organiser les rédactions pour produire des contenus sur plusieurs supports ? » À cette question, les éditeurs les plus audacieux répondent sans hésiter : en modifiant la culture des journalistes et leur état d'esprit, en changeant d'organisation, de *management*, de système informatique éditorial, de locaux, de contrats de travail...

La mode est à la convergence, éditoriale, technologique, matérielle. Une même marque est déployée sur plusieurs supports de diffusion, le centre de gravité des médias glissant dès lors inévitablement vers le numérique et ses propres contingences. Certains quotidiens ont construit des rédactions quasi intégrées : de plus en plus de journalistes produisent du texte, du son et de l'image. Les journalistes spécialisés ne disparaissent pas tous, et certains ne font toujours que de l'écrit, mais beaucoup basculent vers le multimédia.

Le *New York Times* a réalisé l'une des expériences les plus abouties de rédaction intégrée. Planifié en 2005, le mouvement s'est concrétisé à l'automne de 2007. Les deux rédactions *print* et Web ont alors été réunies dans un magnifique immeuble, conçu par l'architecte Renzo Piano, à Manhattan, dont la salle de rédaction a été conçue pour organiser les tâches d'une production « bimédia ». Les barrières commencèrent à tomber, mais pas toujours les réticences, tant les habitudes, les traditions, les repères pesaient. Un an plus tard, Jim Roberts, le rédacteur en chef des éditions numériques, affirme que « la quasi-totalité des journalistes jouent désormais le jeu et participent, même si ce n'est pas au même rythme ».

En Europe, c'est le *Daily Telegraph* qui a ouvert la voie, en investissant des millions de livres sterling dans la construction d'une nouvelle salle de rédaction intégrée, à Londres, et dans un vaste plan de formation pour toutes ses équipes. Will Lewis, le rédacteur en chef, a fait le tour du monde pour identifier les innovations les plus intéressantes et les bonnes pratiques déjà à l'œuvre : « Nous avons tout recommencé à zéro. Notre objectif est de donner à nos clients ce qu'ils veulent, quand ils le veulent et dans la forme où ils le désirent à un moment précis. La *home page* de notre site est projetée sur un grand mur — écran situé au cœur de la rédaction. C'est elle qui donne le tempo général de l'entreprise. »

Le *Daily Telegraph* a inventé un nouveau modèle, en poussant le plus loin possible la logique de l'intégration. « L'architecture en étoile de notre nouvelle salle de rédaction est certes très importante, mais rien n'est plus décisif que le changement d'état d'esprit des journalistes », constate Will Lewis.

Même si tous les éditeurs de journaux n'ont pas décidé de fusionner leurs rédactions (*Le Monde* et *El País* résistent encore, par exemple), la plupart d'entre eux ont fait le voyage de New York ou de Londres, persuadés que le *New York Times* et le *Telegraph* avaient jeté les bases des médias d'information de demain. Dans un « baromètre » réalisé en 2008 par le World Editors Forum auprès de plus de sept cents dirigeants de médias du monde entier, 86 % affirment que d'ici à cinq ans « l'intégration des rédactions sera devenue la norme ». Deux tiers d'entre eux estiment que, dans moins de dix ans, les lecteurs intéressés par l'information se tourneront d'abord vers Internet et leurs téléphones mobiles, au détriment du papier et des autres médias.

La mutation des rédactions entraîne souvent un changement de statut des journalistes, qui ne sont plus rattachés à un titre ou un média, mais à un groupe. Cette révolution économique et sociale est aussi chargée de symboles sur le plan éditorial. L'un des dirigeants du quotidien australien *Sydney Morning Herald* le dit sans ambages : « Chez nous, on ne travaille plus pour un journal, mais pour une entreprise de médias, avec un contrat de travail unique. Il a fallu beaucoup négocier, car les journalistes sont en général très conservateurs et très peu informés des évolutions du monde réel. »

En France, la plupart des patrons de presse caressent le même rêve, le plus souvent à voix basse, de peur d'effaroucher leurs journalistes et surtout leurs syndicats. Alain Weill, le président du groupe Nextradio TV, propriétaire des radios RMC et BFM, de la chaîne d'info BFM-TV et de médias économiques (le quotidien *La Tribune* et le magazine *01 Informatique*), ne cache pas, lui, ses intentions. Il a annoncé au printemps de 2008 la création d'une « agence spécialisée dans l'information sportive », réunissant nombre de ses journalistes et produisant des contenus pour tous les supports, radio, télé, écrit et Web, et pour plusieurs marques ou titres différents. Prélude, sans doute, au lancement d'une grande agence multimédia qui regrouperait la totalité des journalistes du groupe... avec un seul contrat de travail. La réaction syndicale (CFDT, SNJ-CGT) n'a pas tardé : « Cela va à l'encontre même des principes fondateurs et inaliénables de la profession : un journaliste est lié à un titre, à une politique éditoriale propre. » Il en faudra davantage pour faire reculer Alain Weill, qui ne manque ni d'arguments ni de savoir-faire.

Dans le tourbillon général, une autre conviction se dégage pour les médias traitant l'information la plus chaude — quotidiens, radios ou chaînes de télévision — elle concerne l'avenir des rédactions, qui constituent souvent le premier poste de dépenses : il n'est déjà plus possible d'en faire assumer la charge à un seul support, traditionnellement le papier. Pour financer une bonne rédaction, des reportages, des envoyés spéciaux, des contenus de qualité, il est désormais nécessaire de partager ces coûts avec d'autres moyens de diffusion : des sites Web liés au titre, une radio, une chaîne de télévision ; ou encore de multiplier les reventes de contenus, souvent sous marque blanche, à des tiers, médias, groupes de télécoms ou entreprises.

L'avenir est aux groupes multimédias. Le groupe de *La Libre Belgique*, par exemple, exige que, pour chaque reportage, la rédaction construise son financement : quelle part est prise en charge par le papier, par la radio, par le site, etc. ? Chaque projet d'envoyé spécial ou d'opération spéciale doit avoir un aval budgétaire construit de la sorte, afin que toutes les « plates-formes » aient une économie lisible et indépendante.

À l'assaut du Web

Les bouleversements engagés dans les rédactions ont une autre finalité : bâtir une force de frappe éditoriale capable de se tailler au plus vite une place dans l'univers d'Internet. Les journaux s'engagent dans une course éperdue à l'audience. Dans ce premier âge de l'ère numérique et du triomphe de Google, il faut multiplier les millions de « visiteurs uniques » pour tenter d'exister à côté des géants du Web avant qu'il ne soit trop tard.

L'enjeu est d'attirer du trafic et de l'y maintenir le plus longtemps possible, grâce à une multitude de contenus multimédias, et notamment à la vidéo. En ligne de mire, les revenus publicitaires de la Toile, les seuls dont la croissance se compte à deux chiffres. Et là, il n'y a pas de choix : il faut être gratuit, tant ce modèle porté par Google s'est imposé. L'internaute veut bien payer pour de la musique (iTunes) ou des rencontres (Meetic) — et encore —, mais plus, en tout cas pour l'instant, pour de l'information.

La plupart des grands journaux, à l'exception des titres économiques qui croyaient encore conserver un modèle payant pour leurs sites Internet ont basculé en 2007. Au début du mois de septembre 2008, le *New York Times* annonçait qu'il cessait de faire payer ses lecteurs en ligne pour l'obtention d'une partie de son contenu. Depuis deux ans, le quotidien avait développé un abonnement numérique de 50 dollars par an sous l'appellation « Times Select » : les internautes avaient ainsi accès aux archives du journal depuis 1851, ainsi qu'aux éditoriaux des *columnists* les plus réputés. Un succès apparent, avec deux cent vingt-sept mille abonnés et un revenu annuel de 10 millions de dollars. Jim Roberts, le directeur de la rédaction de nytimes.com, s'en est expliqué : « Nos projections de croissance et de rentabilité sur le modèle payant sont moindres que pour le modèle axé sur la publicité. » Le site, qui affichait déjà plus de douze millions de visiteurs uniques mensuels, a presque doublé son audience en supprimant le paiement, bondissant en trois mois à vingt millions.

Dans la foulée, de nombreux journaux ont ouvert l'accès gratuit à leurs archives. Le magnat des médias Rupert Murdoch a créé la surprise en s'interrogeant à voix haute sur la possibilité de ne plus faire payer l'accès au site du fameux *Wall Street Journal* qu'il venait d'acquérir. Ce site, qui propose des informations économiques et financières à très forte valeur ajoutée, affiche pourtant une très bonne rentabilité. Finalement,

Murdoch a renoncé, mais décidé de développer en parallèle une offre éditoriale substantielle et gratuite — avec notamment tous les éditoriaux — pour doper l'audience. Il sait bien que l'immense majorité de ses clients sont des entreprises et qu'elles ne peuvent se passer des informations de la bible des affaires, qu'elles sont donc prêtes à payer, mais il veut aussi attirer et fidéliser un public moins captif. Lui aussi court après les millions de visiteurs uniques.

Pour se « placer » dans cette phase de conquête, la gratuité est une condition, mais elle ne suffit pas. De nombreux groupes se sont résolus à nouer des partenariats avec les moteurs de recherche. Aux États-Unis, plusieurs grands médias se sont alliés avec Google, tandis que d'autres ont formé un « consortium » fort de plus de cinq cents journaux (quotidiens et hebdomadaires) à travers le pays pour travailler avec Yahoo! : « Notre entreprise ne peut pas gagner seule la bataille *on-line*, reconnaît Dean Singleton. Il nous faut multiplier les alliances. » D'un côté, ces médias installent un accès direct à Yahoo! sur tous leurs sites Internet, partagent des offres d'emplois et des services, donnent de la puissance à leurs petites annonces locales; de l'autre côté, Yahoo! privilégie les contenus d'information de ces médias lors des recherches des internautes et apporte son savoir-faire technologique. L'alliance se révèle efficace pour renvoyer du trafic sur ces mêmes sites, doper ainsi leurs chiffres d'audience et diffuser de la culture numérique dans les médias traditionnels. Ces partenariats complets concernent aussi bien la publicité que les contenus.

Des pizzas, des fleurs et des SICAV

Pour ces patrons de presse, ce n'est déjà plus Internet qui menace le papier, mais le papier qui a besoin d'Internet pour reconquérir de l'audience, des annonceurs, bref pour reconstruire de la valeur. Là encore, le champ se déplace vers le numérique et s'éloigne du terrain de l'information. Des groupes multiplient sur Internet des services monétisables sans rapport avec leur métier d'origine : en Allemagne, le quotidien *Bild* (détenu par le groupe Springer) a lancé sur son site « des produits du peuple » : ordinateurs, voitures, téléphones, assurances en tout genre, autant de produits ou de services labellisés par *Bild*, qui ont transformé le site en un immense bazar. En Inde, le *Times of India* a fait de même. Au Japon, plusieurs dizaines de quotidiens régionaux se sont alliés pour proposer une plate-forme de produits et de services régionaux.

En Italie, Carlo De Benedetti, président du groupe *L'Espresso*, le répète à qui veut l'entendre : « Il nous faut vendre des services, des services et encore des services, de la pizza, de la météo, des billets d'avion, toute la gamme, s'intéresser à tout ce qui concerne la vie pratique d'un individu. » Et de répondre par avance aux journalistes passablement déstabilisés par cette évolution : « Y a-t-il un risque que nous ne soyons plus à l'avenir des sociétés d'édition ? La question est douloureuse, mais elle n'a pas de sens : soit nous nous adaptons à la nouvelle ère, soit nous disparaissons. » Fermez le banc.

Ce sont désormais les activités déployées autour d'une marque média qui créent de la valeur. Un patron de presse belge ne s'y est pas trompé, qui a déclaré : « Il faut surtout éviter que les journalistes confisquent nos sites, car le Net, c'est bien autre chose que de l'éditorial ! » Et cette tendance s'intensifie. Plus que jamais, les groupes de presse écrite multiplient les services payants et les prises de participation dans des sites d'*e-commerce*, cherchant ainsi à valoriser leur audience. « Il faut transporter nos marques dans d'autres territoires de *business* que l'information », affirmait ainsi à la tribune de Göteborg, devant un auditoire acquis, Francis Morel, directeur général du groupe *Le Figaro*, propriété de Dassault Communication, n'hésitant pas à lever un coin du voile qui a longtemps occulté les réalités économiques pas toujours flamboyantes du premier quotidien national généraliste français.

Le groupe a subi un vrai krach : « Les petites annonces du quotidien représentaient 150 millions d'euros en 1995 ; elles ne pèsent plus que

25 millions en 2008. » Le quotidien papier, toujours en déficit et en perte sévère de lectorat, ne pèse plus que « 34 % du chiffre d'affaires du groupe et 0 % de la marge ». D'un côté, une contraction radicale du *business* du journal, de l'autre un mouvement volontariste autour de la marque. Avec une pléiade de magazines et de suppléments bien sûr, mais aussi et surtout avec des activités numériques en pleine croissance qui devraient représenter 20 % du chiffre d'affaires dès 2009 (contre 13 % en 2007, soit déjà 600 millions d'euros). Le groupe est ainsi l'actionnaire majoritaire d'adenclassifieds, un portail Internet d'annonces immobilières et d'offres d'emploi : introduite en Bourse en 2007, la filiale emploie trois cent cinquante salariés et génère 50 millions de chiffre d'affaires. Le groupe a également mis la main sur deux sites commerciaux : Evene. fr et TickeTac. Le premier, racheté 20 millions d'euros, est l'un des tout premiers portails culturels français ; il attire un lectorat actif, aisé, féminin et grand consommateur de produits et spectacles culturels ; le second offre un service de billetterie en ligne. Ces sites sont destinés à enrichir l'offre éditoriale du « Figaroscope », l'agenda culturel du quotidien, qui propose aux acteurs culturels un relais de communication et de ventes.

Le Figaro détient également 20 % du capital de BazarChic.com, un site de vente en ligne d'articles de luxe offrant une synergie forte avec les sites féminins du groupe. Il a noué dans le même esprit pas moins d'une dizaine de partenariats avec des voyagistes, des sites de rencontres, des marques de luxe, des fleuristes... Avec le *Journal des finances*, le groupe propose enfin sur Internet du conseil patrimonial, un service payant bien sûr, en partenariat avec des professionnels. Et *Le Figaro* a d'autres projets dans ses cartons : une chaîne de télévision consacrée à l'automobile, un carnet du jour en ligne et une conciergerie sur le Web. À Göteborg, sur la même estrade, le DGA du groupe, Pierre Conte, a donné la clé de cette évolution : « La publicité ne suffira pas à équilibrer les comptes d'un groupe de presse et d'information comme *Le Figaro*. Il faudra trouver de nouvelles recettes sur le Web. Voilà pourquoi nous nous sommes engagés dans le service et le commerce en ligne. »

Les groupes Marie-Claire et L'Express-L'Expansion ne pensent pas autrement, qui se sont associés à bestmarques.com pour proposer à leurs internautes d'accéder au « meilleur des marques » dans les univers de la mode, de l'art de vivre, de la décoration, du *high-tech* et de la joaillerie. Le MediaNews Group vise qu'un jour — dans cinq, dix ans? — les activités numériques éditoriales et commerciales atteindront la barre des 50 % du chiffre d'affaires. À côté du *business* tourmenté de l'information, des centres de profits autonomes se développeront grâce à l'*e-commerce*. C'est en ce sens que le chercheur Gilles Fontaine, de l'IDATE[1], a pu évoquer le scénario d'une « désintégration des entreprises de presse ».

« *Life is local* »

Dans cette quête éperdue de recettes nouvelles, les médias d'information se raccrochent à un autre credo : « l'hyperlocal ». À Göteborg, plusieurs patrons de presse l'ont dépeint comme un nouvel eldorado, au point d'invoquer un « *hyperlocal news model* ». « *Life is local* », s'est écrié Tim Bowdler, directeur général du Johnson Press, le plus ancien et l'un des trois plus grands groupes britanniques de journaux locaux et régionaux. À côté de ses dix-huit quotidiens et de ses trois cents hebdomadaires payants et gratuits, il a développé trois cent vingt-trois sites Internet afin de couvrir tous les besoins de ses lecteurs, y compris les plus ruraux, en matière d'informations et surtout de services. Ces sites comptabilisent plus de huit millions de visiteurs uniques mensuels, autant de micro-communautés organisées autour de proximités physiques, thématiques, personnelles et commerciales. De l'assurance, des vacances, des CV en ligne, aucun service n'est négligé.

1. Institut de l'audiovisuel et des télécommunications en Europe.

Grâce à Google Maps, qui permet de localiser et de visualiser la moindre adresse, grâce au développement des moteurs de recherche locaux et à la progression fulgurante de la téléphonie mobile, le numérique « réenchante » la publicité locale, hyperciblée, et partant, une presse régionale que l'on avait crue plus fragile encore que sa grande sœur nationale. « Nous sommes passés d'une organisation et d'une culture centrées sur un produit — le papier — à une organisation centrée sur le client », ajoutait Tim Bowdler, dont le groupe a proposé de nouveaux outils marketing à des centaines de PME et commerces locaux. « Nous avons une longueur d'avance, estimait pour sa part un patron suédois. Notre immense avantage sur la presse écrite nationale vient de notre ancrage local, de la connaissance de nos lecteurs et des liens étroits et historiques qui nous unissent à eux. »

Aux États-Unis, le puissant groupe Gannett, éditeur notamment du fameux quotidien *USA Today*, mais aussi d'une pléiade de journaux locaux et régionaux, a développé ses contenus mobiles en lançant près d'une centaine de sites Internet, en accès gratuit depuis un téléphone portable, pour élargir son audience et proposer aux annonceurs de toucher une cible tout au long de la journée. Spécialement conçus pour les écrans des terminaux mobiles, ces sites sont alimentés par les équipes éditoriales locales du groupe, vingt-quatre heures sur vingt-quatre, et proposent toutes la gamme des informations de proximité. Les lecteurs peuvent aussi être informés par SMS, à la demande, sur l'actualité sportive ou autre de leur ville. Néanmoins, en 2008, ces titres locaux ont également été frappés par la crise.

En France, le groupe Ouest-France a initié une démarche similaire, mais à une moindre échelle et avec des résultats encore modestes. Ancré dans un territoire, acteur communautaire depuis ses débuts, ce quotidien connaît bien ses clients. Dès 1999, il a lancé maville.com, un réseau de sites Internet de proximité, de véritables guides urbains qui proposent de l'actualité, des services, des petites annonces et de la publicité à l'échelle de la ville et du département. En 2007, plusieurs groupes de presse régionale se sont associés au projet (*La Voix du Nord*, *La Nouvelle République du Centre-Ouest*, *Midi libre*, *La Montagne*, *Nice-Matin* et *Sud-Ouest*). Le réseau compte désormais une cinquantaine de sites et poursuit le maillage du territoire français afin d'atteindre une dimension nationale. « La démarche permet de toucher un public de jeunes actifs urbains recherchés par les annonceurs et qui n'est pas nécessairement lecteur de quotidiens imprimés », relève Gilles Fontaine.

Libération explore également cette piste en lançant sur la Toile huit *Libé* Villes, des blogs animés par les correspondants régionaux du quotidien à Lille, Toulouse, Strasbourg, Orléans, Rennes, Bordeaux et Marseille. Objectif : imprimer la « patte *Libé* » à l'actualité locale. Le quotidien multiplie aussi les initiatives en direction du lectorat de province, à coups de cahiers spéciaux ou de grands débats, comme le Forum *Libération* de Grenoble. Cette redécouverte de la « province » — comme disent les Parisiens — concerne aussi les sites d'information en ligne : Rue89 a lui aussi ouvert en 2008 un petit frère marseillais pour agréger de l'audience et tenter d'approcher les annonceurs d'une ville en plein bouleversement.

« Ma ville ? » « Mon lycée ! » a surenchéri le géant américain Hearst, un groupe familial qui possède seize grands quotidiens locaux, une ribambelle de magazines et une trentaine de chaînes de télévision, avec une idée simple : dans sept grandes villes, le groupe a lancé des sites expérimentaux dits Playbooks liés à chaque lycée. Il a ainsi offert à des élèves volontaires de petits appareils photo et vidéo numériques pour « chroniquer » la vie, les petites et grandes histoires de leur établissement : concours sportifs, sorties, activités musicales et artistiques, voyages, etc. Les jeunes se sont pris au jeu, tout en se faisant un peu d'argent de poche. Les apprentis « reporters » sont payés 10 dollars l'heure et peuvent prétendre jusqu'à 100 dollars la semaine. Dans une ville comme Sacramento, pas moins de cent quatre-vingts lycées sont concernés. Directement inspirés du réseau social Facebook, ces Playbooks connaissent un succès considérable : jeunes, parents et amis s'en sont emparés pour communiquer et échanger des photos et des vidéos. Lorsqu'on demande à Jack Natz, le directeur des activités numériques du groupe Hearst, si tout cela a encore à voir avec les métiers de l'information, il répond sans état d'âme : « La culture de notre groupe a toujours été locale. Ces sites sont la seule manière de fabriquer à nouveau de l'audience, de capter et de fidéliser les *teenagers*. Nous essayons de les orienter vers nos télés surtout, mais aussi nos journaux et nos marques magazines à travers des liens multiples entre sites, des partenariats et des reprises d'information. »

La valeur est dans le partage

Après l'*e-commerce* et l'hyperlocal, le troisième mot magique auquel se sont raccrochés les participants du Congrès mondial des journaux de Göteborg fut « communauté ». Dans la course à la création de valeur, ce gisement a toute l'apparence d'une mine d'or. C'est Lisbeth Knudsen, CEO du groupe danois Det Berlingske Officin, qui l'a affirmé avec le plus d'emphase : « Nos journaux en tant que produits autonomes n'ont plus d'avenir s'ils ne sont pas capables de créer des liens avec des communautés. Il ne faut plus se contenter de produire des contenus, mais savoir être des médiateurs, des fédérateurs et des animateurs de communautés sur le Web. »

« Si nous ne sommes pas dans les réseaux sociaux, les lecteurs nous oublieront », proclamait un autre dirigeant, tout aussi définitif, tandis qu'un troisième ajoutait : « Les journaux ne font plus autorité pour les jeunes générations. Nous devons inventer de nouveaux contenus pour ces jeunes, des contenus interactifs, participatifs, communautaires. » Les succès fulgurants de Facebook et de MySpace sont dans toutes les têtes. Certes, la presse écrite, quand elle ne se porte pas trop mal, peut encore être considérée comme un acteur communautaire traditionnel dans l'univers du papier, puisqu'elle rassemble autour d'une vision du monde, d'une proximité ou d'une communauté d'intérêts et crée du lien social. Mais avec Internet, cette dimension prend une puissance et une ampleur inégalées. Et, surtout, elle n'est plus à sens unique : le lecteur s'invite, réagit, participe, diffuse et partage ses propres contenus. « Nous sommes en transition entre un modèle autoritaire, où l'information tombait d'en haut, et un modèle participatif », a affirmé quant à lui le vice-président de Google UK, Nikesh Arora. Dean Singleton ne l'a pas contredit : « Il faut se débarrasser de notre vieille arrogance et laisser nos lecteurs participer à notre *business*. »

Tous le savent : les réseaux sociaux génèrent

un quart du trafic mondial sur Internet et en sont désormais le premier vecteur de croissance. Le temps passé en ligne par les internautes y est bien plus long que sur les sites classiques ou les moteurs de recherche. Or la durée est capitale pour valoriser et monétiser la publicité.

« Où est et où sera demain la valeur ? s'est interrogé Tarek Krim, le fondateur de Netvibes, venu rencontrer les cadres du groupe Lagardère au début de l'été de 2008. Dans l'information ou dans le partage de cette information à travers un réseau social ? Tout porte à croire que la valeur active la plus forte sera dans le partage et la discussion de cette information. C'est une nouvelle frontière. Les réseaux sociaux veulent monétiser l'intimité et l'amitié, alors que Google monétise le contexte [1]. Facebook connaît mille fois mieux ses utilisateurs — leurs goûts, leurs centres d'intérêt, leurs habitudes, leur pouvoir d'achat, leur famille, leurs amis... — que la presse ses lecteurs, même les plus anciens. Aucun média ne peut disposer d'autant d'informations personnelles qu'un réseau social. »

En quelques mois, les géants d'Internet et des médias ont tous acheté ou pris une participation dans un réseau social : Google avec YouTube, Yahoo! avec Flickr, News Corp. avec MySpace, Microsoft avec Facebook, AOL avec Bebo... Même l'opérateur de câble Comcast s'est

---

[1]. À côté d'un article sur Londres, une pub pour l'Eurostar.

emparé de Plaxo. Tous achètent ainsi de l'audience et les données personnelles des utilisateurs, qui serviront l'efficacité de la publicité. « Imaginez deux salles, raconte Tarek Krim. Dans la première, des gens subissent l'information, individuellement, silencieusement, pas toujours de façon très éveillée ; dans la seconde, les gens se parlent, se regardent, se conseillent, échangent, multipliant les interactions : les annonceurs voudront être ici et plus dans la première pièce. » Voilà ce que les hommes du numérique appellent le *killer business model* de demain. Une nouvelle utopie ?

Sur leurs sites d'information, les groupes de presse développent de plus en plus d'espaces interactifs et de partages. En France, *Le Monde* a lancé un site participatif, bien séparé de celui qui porte la marque du quotidien, LePost, nourri presque exclusivement de commentaires et d'informations venus des internautes. *Le Figaro* a lancé un groupe à son nom sur Facebook. Aux États-Unis, le mensuel *Forbes* a créé, en partenariat avec Cisco, un portail d'échanges professionnels dans lequel les cadres peuvent dialoguer, s'interroger sur les difficultés qu'ils rencontrent sur un dossier ou une problématique et se répondre. Une sorte de *hotline* entre gens du même monde, entre pairs qui se reconnaissent comme tels. Dans le même esprit, *Forbes* a lancé un portail féminin réservé aux cadres dirigeants.

Cette logique de réseaux haut de gamme a été poussée le plus loin par le *Financial Times (FT)* de Londres, qui a créé en février 2008 un club professionnel payant autour des télécoms, des médias et des nouvelles technologies. Il faut acquitter 1 700 livres par an et satisfaire aux critères édictés par le journal en termes de niveau de responsabilité au sein de l'entreprise, mais surtout de pouvoir d'achat... Le site permet d'entrer en contact les uns avec les autres, de partager des idées, des documents, des conférences, des *podcasts*, des informations privilégiées, etc. Le *FT* a d'autres projets dans ses cartons, comme un club du luxe et un club des P-DG.

Jouer avec des « pure players »

Pour exister sur la Toile et développer des « communautés », les groupes de presse tentent de s'appuyer sur leurs marques les plus fortes dans l'univers des médias traditionnels. Mais cela suffit rarement : une marque papier ne se décline pas comme par magie sur Internet, et les échecs sont légion. Les savoir-faire sont si différents que les médias traditionnels ont souvent du mal à se déployer par la croissance interne de leurs activités. En France, le groupe Lagardère en a fait l'amère expérience avant de se résoudre, sous l'impulsion de son patron

Didier Quillot, à acheter au prix fort (138 millions d'euros) l'un des meilleurs *pure players*[1] français, au début de l'année 2008 : Doctissimo, un portail communautaire dédié à la santé, au bien-être et à la famille, qui génère 12 millions d'euros de chiffre d'affaires, emploie cinquante personnes et surtout accueille sept millions et demi de visiteurs uniques, soit plus que la totalité de l'audience des sites des marques traditionnelles de Lagardère Active (*Elle*, *Première*, *Télé 7*, Europe 1, *Le Journal du dimanche*, *Paris Match*, etc.). Grâce à cette acquisition, le groupe s'est hissé au premier rang des médias français sur Internet en termes d'audience, devant le groupe TF1, ravissant au passage la première place des sites féminins au *leader* européen Aufeminin. com. Mais les groupes médias d'information ne font toujours pas — et ne feront sans doute jamais — la loi sur la Toile. Lagardère Active n'est que le dixième acteur français d'Internet. Et encore, grâce à un *pure player*…

Doctissimo n'apporte pas seulement une profitabilité exceptionnelle, avec 40 % de marge et une croissance annuelle de 50 %, mais aussi des savoir-faire en matière de référencement et de développement de communautés, qui devraient profiter à l'ensemble des marques du groupe. Il développe un modèle de *management*

---

1. Marque qui n'existe que sur Internet.

des communautés en forme de pyramide, qui s'est imposé aux États-Unis, notamment avec l'encyclopédie en ligne Wikipédia. Le socle de Doctissimo est composé de trois millions d'utilisateurs réguliers et de deux millions de membres enregistrés — les fameux « doctinautes », qui alimentent le site de leurs blogs, « chats », contributions, photos, déclinant le plus souvent leurs expériences de « patients » et de parents. Au-dessus, mille *leaders* et autant d'utilisateurs identifiés comme « les plus compétents » et « les plus expérimentés », rédacteurs des meilleurs contenus en quantité et qualité. Enfin, ils sont chapeautés par cent « animateurs », bénévoles militants sélectionnés par Doctissimo qui se sont approprié la communauté et auxquels a été confié un pouvoir de *management* des contenus : ils peuvent corriger, censurer, animer à leur guise un site qu'ils considèrent comme le leur. Ces derniers sont particulièrement choyés par l'entreprise, qui leur réserve des voyages, des cadeaux et des avantages divers. Ainsi l'équipe salariée chargée de faire vivre la communauté n'est-elle composée que de sept personnes (six modérateurs et un *community manager*) !

La santé, le bien-être, la famille, le féminin sont des contenus fortement attracteurs d'audience et qui permettent de jouer à fond la logique communautaire. Mais, là encore, les groupes de presse ne sont pas seuls sur ce créneau. L'engouement du public n'a pas échappé au monde de l'entreprise. De grandes marques, telles que Ikea, Danone et beaucoup d'autres, ont investi massivement et développent à vive allure leurs propres communautés. « Ikea affirme pouvoir déjà toucher quatre-vingt-dix millions de clients grâce à ses sites », s'est inquiété à la tribune de Göteborg Thomas Brunegard, le P-DG du grand groupe suédois Stampen (vingt-cinq quotidiens, plusieurs radios et agences de presse), puisque Ikea pourrait bientôt ne plus avoir besoin des médias pour ses messages publicitaires.

Le groupe Lagardère a acquis en 2008 une société spécialisée dans les nouveaux métiers de la publicité *on-line* : Nextédia. L'une des activités de Nextédia est justement de proposer aux grandes marques de les aider à bâtir autour de leurs produits des communautés sur les grands réseaux sociaux. Un nouveau robot électroménager, une nouvelle ligne de produits de santé, une nouvelle collection de mode... autant de lancements qui peuvent mériter des blogs (avec les stars du genre), des débats, des tests, des conseils, des effets de mode... et des heures d'échanges passées sur Facebook et ses rivaux.

Ce modèle communautaire est-il soluble dans l'information, dans les *news* ? Ce n'est pas la question qui taraude le plus les patrons de presse. Interrogés, certains ne cachent pas leurs doutes. Un dirigeant d'un grand groupe français préfère garder l'anonymat pour livrer son constat : « Sur Internet, c'est le marketing qui a pris le pouvoir. Google est là pour longtemps. Internet n'est pas seulement une question de savoir-faire, en matière de multimédia, de référencement ou de communauté. C'est un changement de pouvoir. »

Que ce soit à Göteborg, à New York ou à Paris, les médias d'information n'ont pas trouvé la solution à leurs problèmes. Mais ils s'activent, tous azimuts.

Conclusion

Non, sire, c'est une révolution !

Le 28 octobre 2008, un événement historique s'est produit sur la planète presse. L'année de ses cent ans, le *Christian Science Monitor* (*CSM*), prestigieux quotidien américain, annonçait qu'il allait cesser sa publication sur papier. C'est le premier quotidien majeur à stopper les rotatives, tirant les conséquences de la révolution en cours dans le monde des médias. Cette décision s'inscrit comme un tournant symbolique dans l'histoire de la presse car le *CSM* n'était pas une petite feuille de chou, en dépit d'un tirage fort modeste. Le journal était en particulier fameux pour sa couverture des événements internationaux (une quinzaine de correspondants, sept prix Pulitzer).

Le premier à fermer, mais sûrement pas le dernier. Au même moment les agences de notation dégradaient la qualité de la dette du *New York Times* au niveau des *junk bonds* (obligations pourries), le groupe Time Inc. (*Time, Fortune,*

People, *Sports Illustrated*, etc.) annonçait six cents nouvelles suppressions d'emplois, et Gannett, le premier éditeur de quotidiens aux États-Unis, près de trois mille autres, soit 10 % de ses effectifs. Mais ce n'est pas tout. Tandis que plusieurs magazines arrêtaient leur parution, le groupe Tribune poursuivait les dégraissages au *Los Angeles Times*, ramenant les effectifs de la rédaction à la moitié de ce qu'ils étaient sept ans plus tôt et, finalement, se plaçait sous la protection de la loi sur les faillites. Le *Star-Ledger*, de Newark, quinzième quotidien américain, réduisait les effectifs de sa rédaction de 40 % (après avoir menacé de fermer), et *TV Guide*, un des titres les plus célèbres du pays, était cédé pour un dollar, moins que le prix d'un exemplaire du magazine. On annonçait en outre que *US News and World Report*, l'un des trois grands magazines généralistes avec *Time* et *Newsweek*, allait devenir mensuel. Et tout cela s'est produit dans la même semaine.

Au cours des six premiers mois de 2008, quelque quatre mille cinq cents postes de journalistes ont été supprimés aux États-Unis[1], avant même que la crise économique ait commencé de faire sentir ses effets. En France, l'hebdomadaire *La Vie financière* (anciennement *Vie française*), fleuron de la presse patrimoniale, déposait

---

1. Frédéric Filloux, monday #note (*www.mondaynote.com*), 7 juillet 2008.

son bilan. En période de récession, les plus fragiles survivent difficilement. Quant aux annonceurs qui désertent le papier pendant les crises, ils risquent de ne plus jamais y revenir [1]. La succession de ces mauvaises nouvelles avait de quoi, bien sûr, nourrir le plus grand pessimisme.

Une vision trop pessimiste ?

Au terme de ce parcours inquiet, le lecteur peut légitimement se demander si le tableau n'est pas trop sombre. Ne s'est-on pas abandonné à une noire nostalgie ? N'ignore-t-on pas les capacités de rebond des vieux médias ? Ne sous-estime-t-on pas l'inventivité des nouveaux acteurs du Web ? Certains ne s'emploient-ils pas — un peu en France, beaucoup ailleurs — à tenter de réinventer la presse ?

Comme on l'a vu au dernier chapitre de ce livre, les initiatives se multiplient. La transformation radicale du *Christian Science Monitor*, qui va désormais combiner un site gratuit avec un service *premium* en ligne payant et un magazine sur papier destiné à publier de longues enquêtes et, surtout, à récupérer la publicité, montre que même une vieille institution ne se résout pas forcément à un destin fatal.

1. Nat Ives, « Will Print Survive the Next Five Years ? », *Advertising Age*, 3 novembre 2008.

D'autres quotidiens étudient la possibilité de ne plus paraître que quelques jours par semaine puisque leurs lecteurs s'informent en continu par d'autres canaux (Internet, radios d'information en continu, télévisions, téléphones portables, etc.). Ces quotidiens épisodiques pourraient se consacrer aux articles de fond, aux mises en contexte et aux analyses, l'actualité chaude et brève étant, par ailleurs, livrée vingt-quatre heures sur vingt-quatre et sept jours sur sept sur leur site Internet.

L'autre piste est celle des *pure players* de l'information, ces publications qui n'existent que sur Internet et qui se multiplient, même si bien peu ont trouvé les moyens de leur équilibre économique : Rue89, Bakchich Info ou Agoravox en France ; Ohmynews en Corée ; Huffington Post, Drudge Report, Politico, Slate, Salon et beaucoup d'autres aux États-Unis. Tous tentent d'inventer une autre manière de faire de l'information, mais s'adonnent plus aux commentaires qu'à la production de nouvelles.

Le haut de gamme

Certaines publications imprimées parient sur le haut de gamme. C'est le cas, en France, de *XXI*[1],

---

1. Magazine trimestriel de longs récits, créé par un ancien reporter du *Figaro*, Patrick de Saint-Exupéry, et l'éditeur

un magazine à la maquette sophistiquée dédié aux grands reportages, de *Books*, lui aussi très raffiné, qui traite de l'actualité à travers les livres [1], mais aussi, en Angleterre, du bimestriel *Monocle*, qui propose, sous une maquette élégante, des textes combinant reportages et luxe pour une clientèle manifestement snob et fortunée [2]. Autant de niches pour quelques dizaines de milliers de lecteurs, qui, bien sûr, ne remplacent pas les médias de masse.

Dans un genre différent, le choix de la qualité a également été celui de l'équipe de *BreakingViews*, une agence d'information qui vend très cher ses analyses et commentaires pointus sur les affaires économiques et financières [3]. L'information économique de qualité, dans la mesure où elle est source de création de valeur

---

Laurent Beccaria, directeur des éditions des Arènes. Lancé à la fin de 2007 et distribué uniquement en librairie et dans les Relais H (Hachette), il vendait plus de vingt-six mille exemplaires au prix de 15 euros en 2008 (déclaration des éditeurs).

1. Lancé à la fin de 2008 par le journaliste Olivier Postel-Vinay, ce mensuel reprend la formule de *Courrier international* en traduisant des critiques de livres parues dans la presse internationale. Il vise une diffusion de trente-cinq mille exemplaires.

2. Vendu 10 euros, il possède également un site Internet volontairement très « chic ».

3. Écrits en anglais par trente-sept journalistes sur trois continents, ils s'adressent d'abord à quelques centaines de clients qui payent un abonnement de plusieurs milliers de dollars. Le *Wall Street Journal*, *La Repubblica*, *Handelsblatt*, *El País* et *Le Monde*, notamment, les reproduisent ensuite avec vingt-quatre heures de retard.

pour ses utilisateurs, est un cas particulier : il existe un public pour l'acheter, même cher, d'autant que ce sont souvent les entreprises qui sont ses clients. *Les Échos*, le *Financial Times* et le *Wall Street Journal* peuvent ainsi faire payer l'accès à une partie *premium* de leurs informations.

Il n'en va pas de même pour l'information dite « générale », même si la qualité peut, parfois, attirer un public exigeant. On le vérifie avec le succès de l'hebdomadaire britannique *The Economist*, magazine austère, sans signature ni effet de maquette, qui privilégie « l'intelligence » et qui est quasiment parvenu au statut de club pour une élite (assez large tout de même, puisqu'il se vend plus d'un million d'exemplaires par semaine). Ayant l'avantage d'être rédigé en anglais, il réalise plus de 80 % de ses ventes à l'extérieur du Royaume-Uni.

Expérimentations tous azimuts

Quand personne ne connaît la recette magique, la martingale pour gagner, les plus imaginatifs — ou les plus audacieux — n'ont d'autre choix que de se lancer dans des expérimentations tous azimuts. Si aucune ne garantit la réussite, l'immobilisme promet l'échec.

C'est ainsi que fonctionne la Silicon Valley, où l'on inventa des dizaines de moteurs de recherche avant de trouver Google. Plutôt que d'attendre que tout s'écroule, qu'un engourdissement morbide saisisse les entreprises de presse, les plus dynamiques ont commencé à tester de nouvelles formules.

— L'abonnement sur Internet. Désespérant de la vente au numéro, conscients que la publicité ne suffit plus à faire vivre une rédaction, beaucoup envisagent de généraliser le modèle de l'abonnement en ligne, en partant du constat que les consommateurs s'adaptent plus facilement à ce type de fidélisation. Les internautes ou les utilisateurs de téléphones mobiles, comme les spectateurs des chaînes de télévision payantes, acceptent déjà de régler un abonnement, et certains d'entre eux commencent à souscrire à des services. C'est la stratégie choisie par Orange pour ses « chaînes » de sport ou de cinéma diffusées sur Internet et sur portables. Pourquoi ne serait-ce pas possible avec l'information sur Internet ?

Le pari n'est pas absurde. Orange, encore, a conclu des accords avec plusieurs journaux pour distribuer leurs contenus sur les terminaux mobiles, moyennant une redevance. Le journaliste Daniel Schneidermann, après l'arrêt de son émission sur La Cinq, a lancé un site payant où il analyse la télévision [1]. C'est aussi le choix fait par Mediapart, un site d'information lancé sur

---

1. @rretsurimage, au prix de 30 euros par an.

Internet par d'anciens journalistes du *Monde* à l'initiative d'Edwy Plenel, ex-directeur de la rédaction du quotidien du soir. Mais ces pionniers ont bien du mal à recruter leurs abonnés[1]. Sans doute ont-ils démarré trop tôt, les internautes n'étant pas encore décidés — s'ils le seront jamais — à payer pour une information qui se trouve gratuitement et en quantité sur le Web.

— Les journaux gratuits. Ils ont connu un impressionnant succès depuis le début des années 2000 en répondant au besoin des citoyens modernes de disposer d'informations claires, rapides et gratuites. Mais le modèle économique de ces quotidiens, fondé presque exclusivement sur la publicité, est vulnérable aux retournements de la conjoncture économique et menacé par la baisse tendancielle des tarifs publicitaires. De plus, ils sont rarement producteurs d'informations originales.

— L'*e-paper*. Le papier électronique, encore mieux que les *e-books*, ces machines à lire, tels le Kindle d'Amazon ou l'eReader de Sony, permettra bientôt de distribuer à moindres frais le contenu des journaux sur un écran souple. On ne voit toutefois pas de raison pour que le modèle gratuit soit plus facile à équilibrer sur ce support que sur les autres. Quant au modèle payant, il retrouvera les mêmes interrogations que pour Internet.

---

1. 9 euros par mois.

— Le tout-Internet. Frédéric Filloux, éditeur pour le groupe de médias scandinave Schibsted International, a fait un calcul édifiant pour le cas où un quotidien européen choisirait de passer entièrement en ligne [1]. Partant de l'hypothèse (basse) d'une rédaction d'une centaine de personnes, il chiffre le coût de cette entreprise à 830 000 euros par mois. Chaque visiteur unique (VU) sur Internet pouvant générer entre 0,10 et 0,25 euro de revenu, il en faudrait 8,3 millions par mois pour parvenir à l'équilibre [2]. Or, à l'automne de 2008, *Le Figaro* ne totalisait que 4,2 millions de VU et *Le Monde* 3,5 millions (le *New York Times*, avec une rédaction de mille deux cents personnes, en compte 21 millions, mais le Huffington Post seulement entre 4 et 6 millions). Conclusion de Filloux : « Seules de très grandes marques, impulsées par des (encore) immenses salles de rédaction sont capables d'attirer des audiences décentes. »

— La délocalisation. Pour les journaux, la question est de savoir comment rester profitables sans perdre l'essentiel de leurs lecteurs. Devant cette apparente quadrature du cercle, certains envisagent des solutions encore plus radicales. Dean Singleton, P-DG du groupe MediaNews, éditeur notamment du *Denver Post*, du

---

[1]. monday #note, 29 septembre 2008.
[2]. Depuis, il a encore révisé à la baisse les revenus générés par un visiteur unique.

Detroit News et d'une cinquantaine d'autres quotidiens américains, propose tout simplement de délocaliser dans des pays à bas coûts toute une partie des métiers de la presse [1], du prépresse [2] à la révision [3], mais aussi la rédaction des services mutualisables, tels que la météo, les sports, le tourisme, l'automobile, la culture, etc. Une partie de l'activité des agences de publicité est déjà *outsourcée*, en particulier pour la fabrication des messages.

Le groupe économique Thomson Reuters fait travailler des journalistes à Bengalore, en Inde, pour rédiger les résultats des entreprises et les analyses financières qu'il publie. Le site Internet Pasadena Now (*www.pasadenanow.com*) emploie cinq journalistes délocalisés en Inde pour suivre l'actualité de la ville californienne de Pasadena en se servant des retransmissions vidéo du conseil municipal diffusées sur Internet et des informations fournies par des contributeurs californiens bénévoles.

— La diversification. Puisque les organes de presse ne parviennent plus à se financer, pour-

---

[1]. Déclaration faite lors de la réunion de la Southern Newspaper Publishers Association (citée dans *USA Today*, 6 novembre 2008).
[2]. Ou pré-impression, soit tout le processus technique qui précède l'impression (saisie de textes, mise en page, etc.).
[3]. Mindworks Global Media, une société installée près de New Dehli, emploie quatre-vingt-dix Indiens travaillant pour la presse américaine comme correcteurs et graphistes (cité dans *Business Week*, 8 juillet 2008).

quoi ne pas offrir d'autres produits et d'autres services payants, se sont demandé la plupart des éditeurs, comme on l'a vu au chapitre précédent, qui ont multiplié les « plus-produits » ces dernières années (CD, DVD, encyclopédies, livres et autres catalogues commerciaux). Il est évident que leur multiplication finit par épuiser le filon. C'est déjà le cas en Italie, où cette pratique ancienne séduit de moins en moins d'acheteurs. Alors pourquoi ne pas proposer des services en ligne à partir du site d'information ? Celui du *Washington Post* est devenu rentable grâce à des services éducatifs et à une profitable « boîte à bac », centre d'enseignement et de formation permanente en ligne qui a fourni, en 2006, plus de 40 % du chiffre d'affaires. Hachette, on l'a vu, rentabilise ses sites grâce aux revenus de Doctissimo (*www.doctissimo.fr*). D'autres proposent des voyages, des assurances, etc. On peut néanmoins se demander combien de temps peut survivre une entreprise de presse dont l'essentiel des revenus est produit par une activité qui lui est totalement étrangère — et qui peut vivre sans elle [1].

— De nouvelles formes de publicité. La publicité va également devoir se réinventer. Le cross-média, ces campagnes organisées sur une grande variété de supports et dans une série de

---

1. Ce qui n'est pas le cas dans un journal, où tous ces services sont présentés ensemble.

formats différents, étant devenu la règle, les annonces vont devoir être souples, adaptatives, capables de passer d'un support à un autre et de se renouveler en permanence. Les agences devront aussi revoir leurs tarifs, souvent jugés abusifs au vu de leurs prestations.

Les publicitaires repensent en outre leurs méthodes. Les annonceurs ne veulent plus se contenter de diffuser leurs messages vers un public passif. Ils souhaitent « dialoguer » avec les consommateurs et leur proposer des services. La multiplication des canaux risque cependant de produire ce qui est arrivé avec la musique : l'effondrement des prix. Au final, les médias d'information ne seront plus qu'un type de support parmi une infinité d'autres et ne pourront plus compter sur la seule publicité pour se financer.

— Un nouveau journalisme. La définition du métier de journaliste est devenue floue. Quel rapport y a-t-il entre un prestigieux éditorialiste, un animateur de *talk-show*, un spécialiste des marchés financiers et l'anonyme qui agrège des informations trouvées sur Internet pour un site en ligne?

« De nouvelles formes de journalisme apparaissent : journalisme de liens, journalisme dépollueur, journalisme d'engagement, journalisme visuel, *digital story teller* », écrit Éric Scherer, le responsable de l'AFP-MediaWatch[1]. Dans cette définition, dominante sur Internet, le journaliste est d'abord là pour « rendre service, faciliter » les relations entre les internautes, organiser leur conversation, pas pour produire de l'information. La télévision avait déjà promu des journalistes auxquels on demandait de maîtriser des techniques et de tenir un rôle à l'écran plutôt que de trouver des informations. Celles-ci provenaient pour l'essentiel des journaux et des agences de presse. Sur Internet, le métier de journaliste se définit encore plus comme un ensemble de techniques. « Ne dites pas à ma mère que je travaille sur le Web, elle croit que je suis journaliste », écrivent drôlement Élisabeth Lévy et Philippe Cohen[2].

Le « journaliste » doit surtout savoir trouver l'information des autres sur la Toile, l'agréger, établir des liens et réécrire le tout en choisissant des mots qui permettent un référencement optimal sur les moteurs de recherche. Il doit aussi maîtriser les techniques de la mise en page, de la vidéo, du son et du graphisme. Plus qu'informer, il doit capter l'attention de l'internaute consommateur. C'est le règne du « vu/lu », qui oblige à vérifier en permanence si les articles mis en ligne attirent du public et à éliminer tout ce qui ne fait pas assez d'audience.

1. Rapport rédigé au printemps de 2008.
2. *Notre métier a mal tourné*, Mille et une nuits, 2008.

Aujourd'hui, visiter une rédaction en ligne renvoie aux images du film *Brazil*[1] : des rangs serrés de jeunes gens rivés à leurs écrans d'ordinateur, alignés dans des *open spaces* et tapant silencieusement sur leurs claviers. Ce sont les nouveaux OS de l'information, dont les statuts sont généralement précaires et les salaires misérables. On a pu dire que la mondialisation de l'économie provoquerait « l'euthanasie des classes moyennes [2] ». La numérisation de l'information a le même effet sur la classe moyenne des journalistes. Une nouvelle sociologie du métier se dessine : d'un côté, une minorité de vedettes capables de vendre cher leur signature ou leur talent d'animateur comme une marque ; de l'autre, une masse d'OS anonymes et sous-payés. Les journalistes « moyens », qui constituaient le gros des troupes des grandes rédactions, sont en train de disparaître.

La rapidité est la première règle de ce nouveau journalisme, car on sera d'autant mieux référencé que l'on aura le premier utilisé les mots qui font de l'audience. Bien sûr, cela favorise les dérapages [3] : ainsi, à l'époque de l'ouragan

1. Film de Terry Gilliam (1985), inspiré du roman *1984*, de George Orwell.
2. L'expression a notamment été employée par Alain Minc.
3. La presse écrite et plus encore la radio et la télévision n'en manquent certes pas, mais, sur Internet, la vigilance est d'autant moins grande qu'on se dit qu'« on peut corriger tout de suite ».

Katrina, Randall Robinson, un blogueur assez connu aux États-Unis, avait annoncé que des gens affamés avaient dû « manger des cadavres pour survivre ». Immédiatement, le Huffington Post avait repris « l'information », tant un des secrets de ce journalisme-là réside dans sa capacité à copier ce que font les autres [1]. Le HuffPo a vite démenti la « nouvelle », mais le mal était fait, et la rumeur fit le tour du monde [2].

Ce journalisme d'agrégation, de récupération et de commentaire coûte bien sûr beaucoup moins cher que l'enquête. On a calculé que le budget annuel total du Huffington Post était l'équivalent de ce que dépense le *New York Times* pour maintenir un bureau à Bagdad [3]. Mais qu'adviendra-t-il lorsqu'il n'y aura plus de journaliste à Bagdad ?

Et s'il n'y avait plus de « business model » ?

Au terme de cette enquête, il faut admettre que personne n'a encore trouvé le *business model*, le modèle économique qui permettrait de combiner la fabrication d'une information de

---

[1]. La presse traditionnelle ne s'en prive pas non plus, malheureusement, mais dans de bien moindres proportions.
[2]. Cf. Eric Alterman, *The New Yorker*, 31 mars 2008.
[3]. Environ 3 millions de dollars (source *Vanity Fair*, février 2008).

qualité avec une diffusion de masse. Il faut accepter qu'une page plus que centenaire de l'histoire des médias et de la démocratie est en train de se tourner.

Si, dans d'autres secteurs, de grands dinosaures tels qu'IBM, General Electric ou Renault ont su se réinventer, on peut toujours se dire que certains groupes de médias et de divertissements y parviendront. Seulement, rien ne garantit qu'ils continueront à fabriquer de l'information de qualité. Ce n'est pas parce qu'ils réussiront à rester profitables — grâce à l'industrie des services, des loisirs, de la communication, etc. — qu'ils financeront la production d'informations dont les démocraties ont besoin.

Les journaux ne vont pas tous disparaître du jour au lendemain. Certains investisseurs continueront, aussi longtemps que possible, à exploiter les titres qui font encore des bénéfices. Dans le milieu, on dit qu'ils vont « traire la vache jusqu'au bout » en engrangeant des revenus à la manière des *equity funds*, ces fonds financiers qui rachètent des entreprises en difficulté pour les rentabiliser en trois ou quatre ans, à coups de licenciements, de réductions de coûts et de recentrage des activités, et s'empressent de revendre ce qui reste pour empocher un bénéfice financier. Souvent, de rachats en restructurations, il ne demeure bientôt plus qu'une coquille vide en guise d'entreprise. C'est ce qui est arrivé à Moulinex, ou, dans la presse, à

France-Soir, et c'est ce qui se produit dans le groupe du *Los Angeles Times*. Il est clair que l'on ne peut pas parler ici de *business model* durable.

Pour le reste, il faut admettre que les clients des journaux vieillissent et disparaissent lentement, que la publicité migre vers d'autres supports et que ses tarifs baissent au rythme de la fragmentation des médias. Les annonceurs sont passés d'une économie de la rareté, qui les condamnait à investir massivement leurs budgets publicitaires dans la presse, à une économie de l'abondance, qui leur permet de choisir leurs supports. Déjà, sur les sites d'information en ligne, le nombre de pages qui ne trouvent pas à héberger une publicité est en rapide augmentation.

Rien d'étonnant, dès lors, si les investisseurs sérieux désertent le secteur de la presse et si, aux États-Unis, on dit désormais, avec un humour grinçant, que ce qui peut arriver de mieux à un journal est d'être racheté par Rupert Murdoch, hier considéré comme l'ogre du secteur.

Le diagnostic de la situation peut être pose, mais les remèdes sont incertains, car l'histoire d'Internet n'en est qu'à son Moyen Âge. Nous sortons lentement de l'ère des pionniers, qui, mélangeant utopies et pragmatisme, ont inventé des acteurs et des fonctions que l'on ne pouvaient imaginer il y a moins de vingt ans. Mais on devine que cette ère s'achève et que les utopistes laissent la place à de nouveaux mastodontes économiques et financiers. Paradoxalement, les utopies d'Internet auront donné naissance aux plus grands monopoles de l'histoire du capitalisme.

Les principaux acteurs des services — Google, Yahoo! eBay, etc. — comme les grands fournisseurs d'accès — Verizon, Orange, Sprint, BT (anciennement British Telecom), etc. — et les opérateurs de la téléphonie mobile sont déjà devenus hégémoniques. Certains, à l'instar de Bell South, AT & T ou Verizon Communications, étudient la possibilité de développer un « Internet à deux vitesses ». Pour les pionniers, la « neutralité du Net » — ce principe qui voulait que tout le monde y soit traité sur un pied d'égalité — faisait partie des tables de la loi.

Mais les fournisseurs d'accès avertissent que le réseau mondial risque d'être bientôt saturé et qu'il connaîtra alors de graves incidents de fonctionnement, sinon des blocages. Certains proposent de faire payer plus cher les consommateurs de gros débits et, à terme, de créer deux réseaux parallèles : le réseau actuel, laissé à son anarchie, et un réseau *premium*, beaucoup plus rapide et performant. Et plus cher, bien sûr. « La fin de la neutralité d'Internet me paraît inéluctable, assure Louis Pouzin, son co-inventeur avec Vinton Cerf; une différenciation des services — et des tarifs — apparaîtra sur le marché[1]. » On paiera ce que l'on consomme, « comme au restaurant », et les services ne seront pas distribués à la même vitesse.

Un service public

Puisque le marché ne permet plus la production d'une information de qualité, il faudra peut-être la concevoir à l'avenir comme un service public. Si l'information continue d'être traitée à la manière d'une industrie comme les autres, elle risque de disparaître assez vite, comme s'est arrêtée la fabrication des diligences quand tout le monde s'est déplacé en voiture, ou comme meurt aujourd'hui l'industrie du disque dès lors que le public cesse de payer pour écouter de la musique enregistrée. Dans une logique industrielle et financière, l'information est de plus en plus une dépense inutile. Dans un groupe, surtout s'il est coté en Bourse, c'est le genre d'usine que l'on ferme pour ne pas obérer la rentabilité et les résultats de l'ensemble.

Un des points stratégiques du débat à venir concernera la nature de la propriété des organes d'information. Doivent-ils dépendre d'en-

---

[1]. Charles de Laubier, « La gouvernance du Net par les États-Unis n'est plus justifiée », interview de Louis Pouzin, *Les Échos*, 20 juin 2008.

treprises cotées en Bourse, de groupes familiaux, de mécènes ou de fonds publics ? Des réponses commencent à être apportées à ces questions. C'est en concluant ainsi que le marché ne pouvait plus financer les grandes enquêtes qu'a été créée aux États-Unis la société Pro Publica, une agence d'investigation dirigée par l'ex-rédacteur en chef du *Wall Street journal*, Paul Steiger[1]. Financée par des mécènes, les milliardaires Herb et Marion Sandler, elle s'est donné pour objectif de fournir des enquêtes approfondies aux médias qui n'ont plus les moyens de les financer seuls. Le Center for Investigative Reporting de Berkeley et le Pulitzer Center on Crisis Reporting de Washington ont également adopté, avec des moyens plus modestes, une démarche similaire.

La redéfinition du rôle des agences d'information pourrait être une autre piste à explorer. Certes, la conjoncture ne semble pas des plus favorables : aux États-Unis le groupe Tribune a annoncé son souhait de résilier ses abonnements à Associated Press (AP) et, en France, les tarifs de l'Agence France-Presse (AFP) sont de plus en plus contestés. Mais pourquoi ne pas concevoir les agences de presse comme des services publics de l'information à l'échelle mondiale ?

Les subventions publiques aux journaux ont des effets pervers, on le sait. En revanche, le

---

1. *www.propublica.org*.

financement public et, pourquoi pas, en partie privé de services publics de l'information pourrait, s'il était mutualisé à grande échelle, être une des manières de continuer à produire l'information nécessaire à la vie démocratique.

Associated Press, qui est une coopérative, demeure largement bénéficiaire et a développé une stratégie commerciale intéressante à l'égard d'Internet [1]. Beaucoup de sites Internet et de fournisseurs d'accès ont besoin, même si ce n'est que pour fournir quelques titres et quelques lignes de texte sur un téléphone ou un BlackBerry, de ces informations dont la lente, mais inexorable, disparition des journaux finira par les priver. Ils préféreront certainement les acheter à des agences que les produire eux-mêmes.

Cette voie mérite d'être creusée [2]. Il existe des services publics de l'éducation ou de la santé, pourquoi ne pas imaginer un service public de l'information, indépendant des pouvoirs politiques... et sans fonctionnaires ? La vieille BBC en fournit un autre modèle intéressant [3].

---

1. Elle tire 17 % de ses revenus d'Internet et autant de programmes télévisés.
2. Ce n'est donc pas le moment, comme l'avancent certains, de « privatiser », c'est-à-dire de livrer aux seules lois du marché, une entreprise telle que l'AFP. Si les actionnaires privés respectent les engagements de produire de l'information de qualité à la manière dont TF1 ou M6 ont respecté le « mieux-disant culturel », on peut s'attendre au pire.
3. La BBC est la plus grande entreprise de radio-télédiffusion au monde, employant près de vingt-neuf mille personnes.

*

— *Jamais, me direz-vous, la demande d'informations n'a été aussi forte. Le succès des journaux gratuits, la multiplication des chaînes d'info en continu et la fréquentation toujours en hausse des sites de news où ces informations sont réactualisées en permanence le prouvent.*

— *Mais de quelle « information » parle-t-on ? Des mêmes nouvelles brèves, hors contexte, répétées à l'infini d'un support à l'autre et produites par quelques journaux payants ou agences, chaque jour un peu plus au bord du dépôt de bilan ? Avons-nous vraiment besoin de cette information « minute par minute » ?*

— *Soit, Internet produit très peu d'informa-*

Depuis quelques années, elle a développé des services en ligne de très haute qualité. Elle est administrée par un « trust », ou conseil de surveillance, de douze membres désignés par le gouvernement après un débat public et contradictoire, dont la mission est de représenter les intérêts du public et de veiller à la qualité et à l'indépendance des programmes. Elle est dirigée pratiquement par un conseil exécutif de seize directeurs. Le directeur général est désigné par le trust, les autres directeurs étant choisis par un comité des nominations. Elle est financée par la redevance et sans publicité au Royaume-Uni. En revanche, à l'étranger, le financement est en partie commercial. Le service mondial (BBC World) reçoit une dotation du Foreign Office. L'indépendance de la BBC, garantie par une « charte royale », n'est pas discutée, même si ses choix et ses activités sont un élément permanent du débat public. Sa mission est officiellement d'« informer, éduquer et distraire ».

tions originales, mais c'est tout de même une mine de connaissances, notamment grâce aux liens qui permettent de naviguer d'une source à l'autre et d'avoir accès à beaucoup plus de documents que ne le permettent les journaux.

— C'est exact, Internet est devenu une immense bibliothèque qui donne accès à un nombre inégalé de documents. Encore faut-il être capable de distinguer le vrai du faux, l'information de la manipulation. Il est illusoire de croire que « tout » est sur Internet. Ce qui n'y est pas est précisément ce dont nous avons besoin.

— Que l'information ait cessé d'être le monopole des journalistes professionnels est plutôt un progrès. D'ailleurs, ils ne font plus guère d'enquêtes eux-mêmes, préférant commenter les informations produites par les agences de presse. Le journalisme professionnel est souvent bavard, conformiste et manipulateur. Grâce à Internet, tout le monde peut s'exprimer : c'est une forme d'avancée démocratique. Le débat s'est élargi et n'est plus réservé à une élite. Le journaliste sur Internet devient un facilitateur, l'organisateur du dialogue. On n'a plus besoin de son avis.

— Il est vrai que le journalisme doit balayer devant sa porte et qu'il a trop souvent oublié de répondre aux attentes de ses lecteurs. Mais on peut se demander quel est l'avenir du journalisme professionnel s'il ne consiste plus qu'à animer des pages Web, organiser des liens, agréger des contenus récoltés sur Internet et produire des brèves. Peut-être va-t-on vers un monde où les journalistes ne seront plus que des soutiers de l'information, agrégateurs de contenus, dont le travail sera complété par les avis des internautes et les éclairages des experts. Ce qu'on a appelé « journalisme », ce métier mal aimé et mal défini, va peut-être disparaître. Restera la question : qui fera les enquêtes ?

— La couverture de l'actualité n'en sera pas moins assurée. Grâce aux nouvelles technologies, tous les citoyens peuvent apporter leur témoignage et, parfois, aller même plus vite que les journalistes professionnels. On l'a vu à l'occasion des attentats de Bombay en Inde en décembre 2008, où les messages sur Twitter permettaient de suivre en temps réel tout ce qui se passait.

— Juste, mais avec des messages de cent quarante mots maximum, et dans lesquels ont circulé beaucoup de fausses nouvelles ! N'a-t-on pas annoncé qu'il y avait eu plus de mille morts ? A-t-on vraiment besoin de suivre minute par minute chaque drame de la planète ? Ne vaut-il pas *mieux lire des enquêtes et les mises en contexte qui les accompagnent et permettent de les comprendre ?*

— Parlons aussi du fonctionnement de la démocratie. La campagne d'Obama a démontré que les nouveaux moyens de communication permettaient d'élargir la participation des citoyens à la vie politique.

— Internet a surtout permis à Obama de récolter une partie de son financement. Il a aussi été un formidable outil d'organisation pour les militants, remplaçant beaucoup de permanences et de réunions. En revanche, ce n'est pas là qu'ont eu lieu les débats les plus importants. Internet n'a pas été, au moins jusqu'à présent, un lieu véritablement productif pour la vie démocratique. A-t-on déjà vu surgir une nouvelle idée importante sur Internet ?

— Ne nous laissons pas aller au pessimisme ! Quels que soient l'avenir des médias traditionnels et les développements des nouveaux, une chose est certaine : nos sociétés ne peuvent pas se passer d'informations. Ni les citoyens, ni surtout les responsables politiques, économiques, financiers ne peuvent agir ni décider sans disposer de bonnes informations. L'État démocratique est un État de « connaissances ». La démocratie moderne s'est développée grâce à sa capacité de savoir comment

fonctionne la société. La presse a été pour cela un rouage essentiel. À ce titre, on peut gager qu'elle ne disparaîtra pas!

— Il n'y a aucune certitude en ce sens. La baisse continue du lectorat des journaux depuis les années 1970, en accélération depuis le tournant du siècle, a quelque chose de mystérieux, quand on y réfléchit. Si les humains souhaitent toujours être « au courant » des affaires du monde, ils veulent de moins en moins qu'elles dérangent leur vie privée. Et ils ne veulent pas non plus leur consacrer trop d'attention ni de temps. Ce rapport distant et distrait à l'information semble participer d'une mutation anthropologique, qui affectera à n'en pas douter le bon fonctionnement de la démocratie. Par ailleurs, s'il est vrai que la société et ceux, en particulier, qui sont aux postes de commande ont besoin d'être éclairés pour agir, il est probable que ceux-ci accepteront de payer — et cher — pour recevoir des informations sérieuses. À côté d'une information pauvre pour les pauvres, nous aurons alors une information riche pour les riches. Dans le meilleur des cas, nous aurons deux vitesses.

Postface

« Vous n'avez encore rien vu »

Où en sommes-nous ? Il y a deux ans paraissait la première édition de cet ouvrage et, depuis lors, les journaux n'ont pas tous disparu. Certains s'empresseront d'y voir la confirmation que, finalement, la situation n'était pas si grave. Ce serait une erreur, une nouvelle tentative pour se rassurer à bon compte. Ou pour oublier que personne n'a trouvé de modèle économique de substitution à celui qui, avec la perte des recettes publicitaires, s'est irrémédiablement brisé. Ce n'est pas seulement parce que leur diffusion baisse que les journaux agonisent, mais parce que leur modèle économique fondé sur l'argent de la publicité n'existe plus. Et il n'y aura pas de miracle. Ni via le paiement de l'accès aux sites de presse, ni grâce à une percée technologique, au moins pour ce que l'on en sait actuellement. Ainsi, l'iPad, la tablette d'Apple, salué un instant comme le « "sauveur" de la presse » par certains éditeurs, a-t-il vite révélé ses limites : un bon support pour les images ou les jeux et, au mieux, un petit complément de revenus pour les journaux.

Marketing ou bénévolat ?

Entretenir des illusions, c'est une autre manière de ne pas vouloir croire ce que l'on sait : tout confirme que le modèle de la grande presse d'information, né il y a deux siècles, est mort. Maurice Lévy, le patron de Publicis, qui se qualifie souvent de « résolument optimiste », l'a lui-même admis devant les éditeurs de magazines d'information. « Qui peut sérieusement penser, a-t-il expliqué devant un parterre inquiet, que, lorsque l'économie redémarrera, les lecteurs vont inverser une tendance qui remonte à des décennies et se remettre subitement à acheter des quotidiens et des magazines ? (...) qui peut penser sérieusement que les annonceurs vont soudainement faire passer leurs investissements marketing dans la rubrique "bénévolat" et revenir à des investissements massifs dans la presse ? (...) vous n'avez encore rien vu [1]. »

Un peu partout dans le monde, les fermetures de quotidiens et de magazines se sont poursuivies. Parallèlement, la valeur des entreprises de

---

1. Discours tenu devant les responsables de l'APPM (Association pour la promotion de la presse magazine) et du SPMI (Syndicat de la presse magazine et d'information) le 6 avril 2009.

presse a dramatiquement chuté. On l'a vérifié à l'occasion de la vente du prestigieux hebdomadaire *BusinessWeek*. Malgré ses 900 000 exemplaires diffusés chaque semaine, il a été soldé, à l'automne 2009, pour 5 millions de dollars alors que, dix ans plus tôt, son prix était estimé à... 1 milliard. À l'été 2010, une autre institution de la presse américaine, l'hebdomadaire *Newsweek* avec une diffusion de 1,5 million d'exemplaires par semaine, a été cédé par le groupe du *Washington Post* pour *un* dollar (plus ses dettes) à Sidney Harman, un milliardaire âgé de quatre-vingt-onze ans qui a fait fortune dans le commerce du matériel hi-fi. Enfin, il est inutile de commenter la situation de la presse française qui, en dépit d'aides publiques massives, survit à coups de rachats et de recapitalisations.

Beaucoup d'éditeurs de journaux ont fini par admettre que « la crise est grave ». C'est d'ailleurs à ce titre qu'ils ont multiplié les plans d'économie, les réductions d'effectifs et autres restructurations. Des réformes qui ont généralement conduit à un appauvrissement de l'offre éditoriale et à une nouvelle désaffection des lecteurs. Le cycle vicieux s'est accéléré : la lutte contre les déficits par la réduction des coûts a eu pour conséquence la baisse de qualité des contenus et donc l'érosion accélérée du lectorat qui, à son tour, a accru les difficultés économiques, en particulier dans la grande presse d'information généraliste.

La tendance à la polarisation de l'offre éditoriale — information pauvre pour les pauvres/information riche pour les riches — s'est confirmée. Non seulement les gratuits ont survécu à la crise économique, mais le « low cost » s'est généralisé. Soit sur le papier, soit sur Internet, avec la prolifération de l'information « pauvre », rapide, répétitive, « tweetée », soit par la « low-costisation » des titres payants. Sans le dire, beaucoup de ces derniers ont tellement resserré leurs coûts et appauvri leur offre qu'on ne voit plus très bien ce qui les distingue des journaux gratuits.

Les journalistes sont des robots

Pourtant, sur ce terrain aussi, Internet est allé plus vite qu'eux, notamment avec le triomphe des algorithmes, ces formules mathématiques qui permettent le calcul et le classement automatique des données. L'algorithme, on le sait, est la clé du succès de Google. Mais c'est devenu aussi l'instrument des « usines à informations » du Web, dans un premier temps aux États-Unis. Des milliers d'articles et de vidéos sont ainsi produits et diffusés sur Internet chaque jour, grâce à un algorithme qui détecte les envies des internautes en même temps que les sujets pour lesquels les annonceurs sont disposés à payer. Les robots ont largement remplacé les journalistes.

Sur *Demand Media*, les articles sont déterminés en fonction des sujets les plus « populaires » sur le Web. *Demand Media* prend en compte les termes les plus recherchés sur Internet et l'existence ou non d'articles relatifs à ce sujet sur le Web. Il détermine ainsi ce que veulent savoir les internautes, et combien les annonceurs sont prêts à payer pour apparaître à côté de ces sujets, en recherchant les mots clés qu'ils demandent le plus. Des cohortes de « journalistes », petites fourmis besogneuses, fournissent chaque jour plusieurs milliers de textes ou de vidéos. Ils sont payés entre 10 et 20 dollars par production. Beaucoup de ces contributeurs sont des amateurs, mais pour les professionnels, c'est clairement « travailler plus pour gagner moins ». On ne trouve ici ni scoop ni grandes analyses, mais surtout des conseils pratiques. C'est le « fast news », l'information fast-food. En répondant aux « attentes » des internautes, ces articles apparaissent sur la première page de Google et génèrent des millions de pages vues, détournant encore un peu plus les budgets publicitaires des médias « traditionnels ». L'ère de l'information bon marché ne fait que commencer. Nous n'avons encore rien vu.

À l'autre extrémité du spectre, le succès de l'information « riche pour les riches » se confirme. Apportant une forte valeur ajoutée, elle rencontre son public et se fait payer de plus en plus cher. L'exemple le plus spectaculaire est celui des « terminaux Bloomberg », un service sur Internet qui fournit une remarquable information économique et financière, mais aussi de plus en plus d'articles généralistes, y compris culturels, à quelque 300 000 abonnés dans le monde. Il leur en coûte, il est vrai, environ 1 800 dollars par mois. En France aussi, une agence comme AEF (Agence éducation emploi formation), qui emploie près de 70 journalistes confirmés, vend ses services de 5 à 20 000 euros par an. L'avenir de ces sites à très forte valeur ajoutée est d'autant plus prometteur que la presse traditionnelle n'accomplit plus ce travail indispensable.

Pauvre classe moyenne

Indirectement, cette évolution de la scène médiatique apporte une nouvelle pierre au cénotaphe de la classe moyenne. On sait qu'elle a vu son pouvoir d'achat s'affaisser, qu'elle est menacée par le chômage et le déclassement et que ses enfants peinent à gravir l'échelle sociale. Désormais, elle est aussi en train de perdre son accès à une information de qualité et bon marché. Les grands journaux de référence lui permettaient de trouver, à faible coût, une information nationale et internationale complète et riche. « Elle n'a jamais consenti, écrit le blogueur Narvic, à payer cette information ce qu'elle coûte[1]. » La classe moyenne éduquée devra bientôt choisir entre casser sa tirelire pour s'informer ou se contenter de l'info-tweet, au mieux de celle des journaux télévisés.

Ce qui se passe dans la presse peut être comparé à ce qui est arrivé à l'industrie de la musique. Il reste toujours de petits rayons de CD dans les grandes surfaces et l'on trouve des amateurs de disques vinyles disposés à payer un bon prix pour satisfaire leur passion, mais le marché du disque s'est pour l'essentiel effondré. Tous les journaux ne disparaîtront pas non plus, mais ceux qui survivront risquent de n'occuper, comme les vinyles, qu'une niche pour collectionneurs nostalgiques ou amateurs éclairés prêts à payer plus cher, comme le font déjà les lecteurs de *The Economist*.

Mais aucune société démocratique ne peut

---

1. novövision, « Paysage de l'information après la bataille », 21 avril 2010 (http://novovision.fr/paysage-de-l-information-apres-la). Dans un autre texte de ce site, l'auteur remarque justement : « le "web social" dont je rêvais ne ressemblait pas du tout à celui qui se profile aujourd'hui : entre "*une salle de jeux pour adolescents immatures et un vaste supermarché*", le tout supervisé par des mastondontes technologiques hypercentralisés, dont l'activité principale tend à devenir surtout celle de places de marché ou de régies publicitaires (Google, Amazon, Apple, Facebook...) » (« On attendait le web social... mais pas celui-là ! », 6 mai 2010 ; http://novovision.fr/on-attendait-le-web-social-mais).

vivre sans une bonne information, et les acteurs de la vie publique, politiques, chefs d'entreprise, enseignants ou animateurs de collectivités, tous ceux qui ont une responsabilité sociale, auront toujours besoin d'une bonne information, fût-elle sectorielle. Et celle-ci devra toujours être sélectionnée (pour économiser du temps), hiérarchisée et validée, ce qui impliquera le maintien et, plus probablement, l'apparition de nouvelles marques qui seront des garanties de fiabilité. Le monde de l'information n'est pas appelé à disparaître, il est promis à une réinvention dont on n'a pas encore idée.

La fin du Web

Enfin, les signes avant-coureurs de la réorganisation du Web, que nous avons signalés ici, se sont concrétisés. L'utopie du réseau en accès libre et égal pour tous, le « nouvel espace démocratique » qui aurait aboli les hiérarchies, cette agora sans ticket d'entrée où tous les citoyens peuvent se faire entendre sur un pied d'égalité, est remis en cause. Apple, par exemple, bâtit progressivement un espace fermé au point qu'il se permet de censurer les contenus, qu'il rend ou non accessibles. Il en va de même avec Facebook ou Twitter.

Le magazine *Wired*, annonçant la « mort du Web », explique que l'on est passé du Web grand ouvert à des plateformes semi-closes, comme c'est le cas, par exemple, avec les applications de l'iPhone. Les grands fournisseurs d'accès du Web, les opérateurs de téléphonie, veulent mettre fin à la « neutralité du Net », cette égalité d'accès gratuite de tous les internautes aux contenus légaux en ligne, arguant du fait que les gros consommateurs de bande passante (notamment les internautes qui téléchargent beaucoup de vidéos) devraient payer plus cher. Ils assurent aussi que des tarifications différenciées sont nécessaires pour leur permettre de rentabiliser leurs nouveaux investissements, notamment en fibre optique et dans le mobile. Conscients des résistances, en particulier aux États-Unis, qui s'expriment sur les réseaux fixes, ils veulent introduire ces traitements différenciés sur les réseaux mobiles avec l'argument supplémentaire que les fréquences sont des ressources rares.

Le jour ne semble plus guère éloigné où, à côté d'un Internet accessible à tous, lent, pagailleux et techniquement poussif, il faudra payer plus cher si l'on souhaite un service convenable. Frédéric Filloux écrit : « On se dirige alors tout droit vers un Web multiclasses ; sur les ponts supérieurs du navire, des contenus riches, encapsulés dans des applications payantes, (...) en classe touriste un Internet hérissé de péages plus ou moins onéreux, et dans les vastes soutes, des contenus gratuits, pauvres, minimalistes (...)[1]. » Pas de doute, vous n'avez encore rien vu.

B.P.
Paris, octobre 2010

---

1. slate, « Nuages sur le web », 14 mai 2010 (http://blog.slate.fr/frederic-filloux/2010/05/14/nuages-sur-le-web).

REMERCIEMENTS

Je tiens à remercier Pierre Nora, Marcel Gauchet et Krzysztof Pomian qui m'ont depuis longtemps honoré de leur confiance. Merci à Olivier Salvatori pour sa relecture sagace.

Merci aussi à ceux que j'aime et qui m'ont accompagné avec beaucoup de patience, mes parents, mon fils Valentin et Annette.

Introduction — 9

I. Peut-être est-il temps de paniquer — 19

La presse au musée, 19. — L'exception française, 23. — Grand corps malade, 26. — Mauvaise presse, 29. — Les autres Européens aussi, 33.

II. Publicité : les journaux asphyxiés — 39

Les annonceurs ne financent plus l'information, 39. — Une formidable accélération, 43. — Le modèle pervers des magazines, 45. — La publicité migre sur Internet, 47. — La fin des « news »?, 49. — Certaines formes de presse vont disparaître, 53. — Vers le tout-numérique, 55.

III. La machine Google — 59

Le plus gros succès de l'ère numérique, 59. — La plus grande régie publicitaire du monde, 64. — Le Far West et les hors-la-loi, 70. — Une transition à hauts risques, 74. — Le salut par Internet?, 74.

IV. Qu'est-ce que l'information? — 78

Information et publicité, 78. — Une histoire démocratique, 80. — Publicité et démocratie, 83. — De quoi l'information est-elle le nom?, 86. — L'enquête sera classée, 91. — Le triomphe du marketing, 95. — Que reste-t-il de l'information dans les blogs?, 101. — Les commentaires sont gratuits, 103. — L'économie de l'attention, 104.

V. L'éclatement de la scène publique commune — 109

Le pouvoir des médias?, 109. — Quand les médias faisaient la politique, 111. — Puissance de la télévision, désacralisation du politique, 113. — Triomphe dangereux de l'investigation, 116. — Les médias contre les politiques, 119. — La fin des « Trente Glorieuses » des médias?, 122. — Des médias coupés du

« peuple », 124. — Après l'investigation, quoi?, 128. — L'avenir des médias, 130. — L'éclatement de la scène publique, 137.

VI. Une société en pleine mutation — 140

Une autre façon de penser, 140. — Une autre façon de lire, 142. — Une autre façon d'être en société, 147. — Le triomphe de la culture jeune, 149. — Les jeunes et l'information, 154. — La numérisation des livres, 158.

VII. Le gratuit peut rapporter gros — 166

Une destruction de valeur, 166. — Gratuit ou volé?, 168. — Le triomphe du gratuit, 170. — L'économie de l'attention, 174. — Le coût amer du gratuit, 178. — La presse peut-elle être gratuite?, 180.

VIII. L'idéologie d'Internet — 184

Le retour de l'utopie?, 184. — Le triomphe démocratique?, 188. — Un monde sans experts?, 195. — Tous journalistes?, 198. — La fatigue des blogueurs, 202. — L'intelligence des foules?, 205. — Une longue traîne » un peu courte?, 207. — Post-modernes ou post-humains?, 209.

IX. **Survivre, mourir, renaître**   214

Le rêve de la table rase, 216. — La « News Factory », 220. — À l'assaut du Web, 225. — Des pizzas, des fleurs et des SICAV, 228. — « Life is local », 232. — La valeur est dans le partage, 236. — Jouer avec des « pure players », 240.

Conclusion. Non, sire, c'est une révolution!   245

Une vision trop pessimiste?, 247. — Le haut de gamme, 248. — Expérimentations tous azimuts, 250. — Et s'il n'y avait plus de « business model »?, 259. — Un service public, 263.

Postface. « Vous n'avez encore rien vu »   271

Marketing ou bénévolat?, 272. — Les journalistes sont des robots, 274. — Pauvre classe moyenne, 276. — La fin du Web, 278.

Remerciements   281

DU MÊME AUTEUR

LE POUVOIR DU *MONDE*. Quand un journal veut changer la France, La Découverte, 2003 ; nouvelle édition La Découverte Poche Essais, 2005.

Composition Floch.
Impression CPI Bussière
à Saint-Amand (Cher), le 25 janvier 2011.
Dépôt légal : janvier 2011.
Numéro d'imprimeur : 110203/1.
ISBN 978-2-07-044140-2./Imprimé en France.

178958